Arne Svingen

Die Ballade von der gebrochenen Nase

Weitere Titel des Autors:
Ein ganz schön starker Plan!

Titel auch als E-Book erhältlich

Arne Svingen

Die Ballade von der gebrochenen Nase

Übersetzung aus dem Norwegischen
von Gabriele Haefs

Boje

FSC www.fsc.org
MIX
Papier aus verantwortungsvollen Quellen
FSC® C083411

Dieser Titel ist auch als E-Book erschienen.

Titel der norwegischen Originalausgabe:
»Sangen om en brukket nese«

Textredaktion: Katharina Jacobi, Leipzig
Umschlaggestaltung: Tanja Østlyngen, Köln
Einbandmotiv: © shutterstock/Irina Nartova,
© shutterstock/Zoran Milic
Satz: Greiner & Reichel, Köln
Gesetzt aus der ITC New Baskerville
Druck und Einband: CPI books GmbH, Leck – Germany

Printed in Germany
ISBN 978-3-414-82431-8

5 4 3 2 1

Sie finden uns im Internet unter: www.boje-verlag.de

MEIN ERSTES KAPITEL

Das macht doch nichts. So was passiert.

Ich liege auf dem Boden. Vor einigen Sekunden stand ich noch auf eigenen Beinen. Die Welt war im richtigen Winkel, und ich hatte das Gefühl, dass die Dinge schon lange nicht mehr so gut gelaufen waren. Aber es gibt Schläge, die kommen immer als Schock.

Das Zimmer schwankt an den Rändern, und ich bin ein bisschen seekrank.

»Geht's gut?«

Als ich nicke, komme ich mir vor wie in einer Waschmaschine.

»Kannst du aufstehen?«

Natürlich kann ich aufstehen. Bloß nicht gerade jetzt. Ich will hier liegen. Nur noch einen Moment.

»So war das nicht gemeint.«

Natürlich hatte er nicht so perfekt treffen wollen. Christian flimmert vor meinen Augen. Wie in einem schlecht eingestellten Fernseher.

Ich kann Christian leiden. Ich kann alle vom Training leiden. Würde mich gar nicht wundern, wenn die mich auch leiden könnten.

»Lass ihm doch einen Moment Zeit.«

Das war jetzt der Trainer. Der sagt, es gehe um den Glauben, dass man Berge versetzen kann. Dass ich so gut werden kann, wie ich nur will. Ich glaube ihm, wenn er das sagt. Nur an den Trainingsabenden glaube ich das dann doch nicht so ganz. Oder am Morgen danach. Oder in der Schule. Und vielleicht erst recht nicht, wenn ich hier liege und kotzen könnte.

Der Trainer und Christian helfen mir hoch. Ich stehe wieder auf eigenen Beinen.

»Mach jetzt erst mal 'ne Pause, du«, sagt der Trainer.

Ich wage nicht zu nicken. Peile stumm eine Bank an und bleibe da sitzen, bis sich die Welt nicht mehr dreht und schüttelt.

»Beim Boxen geht es nicht darum, wie oft du zu Boden geschlagen wirst, sondern darum, wie oft du wieder aufstehst«, sagt der Trainer, nimmt mir meinen Kopfschutz ab und gibt mir einen Eisbeutel.

»Wie gut«, antworte ich. »Aber ich glaube, ich mache für heute vielleicht Schluss.«

»Aber wir sehen uns am Mittwoch?«

»Klar doch.«

Christian klopft mir auf die Schulter. Wenn er nicht auf der anderen Seite der Stadt wohnte, würden wir sicher nach der Schule irgendwas zusammen unternehmen.

Mein Auge tut auf dem Weg nach Hause ganz schön weh. Aber der Schmerz geht vorüber, und ich kann ja immer noch sehen. Ich setze die Kopfhörer auf, schalte die Musik ein und vergesse sofort alles andere.

Eigentlich mag ich ganz schön viele komische Sachen. Wie Pfannkuchen mit Speck. Ein Glas eiskalte Milch mitten in der Nacht. Eine Sternschnuppe am Himmel, die sich nicht als Flugzeug oder Ufo entpuppt. Wenn mir etwas einfällt, von dem ich ganz sicher war, dass ich es vergessen hatte. Oder an einem warmen Sommertag schwimmen zu gehen, wenn alle anderen schon wieder zu Hause sind.

Und dann gefällt es mir, wenn Mama etwas Schönes flüstert, während ihre Lippen mein Ohr kitzeln. Ich glaube, früher hat sie das häufiger gemacht.

Aber es gibt etwas, das alles noch übertrifft. Etwas, bei dem mir innerlich ganz heiß wird. Ein bisschen, als ob jemand einen Heizkörper in meinem Bauch voll aufgedreht hätte.

Und zwar ein Lied. Aber nicht so ein Lied, wie es aus den Radios und aus den iPods von den Leuten in meiner Klasse strömt. Ich mag solche Stimmen, die Glas zum Zerspringen bringen und die Gehörgänge bis an den Rand füllen. Manchmal vergesse ich dann alles und singe auf offener Straße laut mit. Das ist ganz schön peinlich. Und ein bisschen schön.

Ich wohne in einem alten Mietshaus, das neu aussehen könnte. Oft sind da Leute im Treppenhaus, aber wenn man nicht daran denkt, fällt einem das eigentlich gar nicht weiter auf.

Mama ist nicht zu Hause, deshalb setze ich mich mit zwei Butterbroten an meine Hausaufgaben. Die Türklingel ertönt, und Mamas Mahnung hallt in meinem Hinterkopf wider: *Du darfst nur für Leute aufmachen, die du gut kennst.* Durch das Guckloch sehe ich einen Typen im Blaumann, der eine Karte hochhält. Auf der Karte steht »Hafslund«, und sie zeigt ein Gesicht, das dem Mann ein bisschen ähnlich sieht.

Er klingelt noch einmal. Danach klopft er an die Tür. Wahrscheinlich ist das so einer, dem ich nicht aufmachen soll. Aber er hat einen in Plastik eingeschweißten Ausweis und wirkt so offiziell, dass meine Neugier nun doch siegt.

»Ist Erika Narum zu Hause?«, fragt er durch den Türspalt mit der Sicherheitskette.

»Nein, Mama musste mal kurz weg.«

»Ich muss leider bei euch den Strom abdrehen.«

Es kommt vor, dass Mama mit den Rechnungen in Verzug gerät. Das kann doch allen mal passieren. In einem hektischen Alltag muss man so viel im Kopf haben, und Rechnungen vergisst man bestimmt besonders leicht. Zum Glück fällt mir ein, dass ich gerade im Sterben liege.

»Das geht nicht«, sage ich mit trauriger Stimme.

»Tut mir leid, Junge. Mir bleibt nichts anderes übrig, wenn die Rechnungen nicht bezahlt werden.«

»Wollen Sie denn, dass ich sterben muss?«

Meine Stimme schafft manchmal den traurigsten Tonfall, den ich mir überhaupt nur vorstellen kann.

»Es geht auf den Sommer zu, Junge. Du stirbst schon nicht.«

»Doch, das ist mein Ernst«, sage ich und atme ganz tief ein, als ob ich nur mit Mühe Luft bekomme. »Nachts liege ich zum Atmen in einem Sauerstoffzelt. Ohne Strom funktioniert das doch nicht.«

Der Mann sieht mich an.

»Du brauchst ein Sauerstoffzelt?«, fragt er.

»Ich hab eine Lungenkrankheit. Wollen Sie das Zelt mal sehen?«

Ich recke den Hals so sehr, dass ein Piepsen ertönt, wenn ich einatme.

»Nicht doch, das muss nicht sein. Ich ... ich muss den Strom ja nicht gleich heute abstellen. Aber deine Mutter sollte jetzt wirklich mal ihre Stromrechnungen bezahlen.«

»Sie hat das sicher einfach nur vergessen.«

»Seit über einem Jahr?«

Ich zucke mit den Schultern. Je mehr ich sage, umso leichter verirre ich mich in idiotischen Lügen. Deshalb gebe ich keine Antwort und sehe den Mann nur mit Dackelblick an.

»Ich komme wieder.«

»War nett, dass Sie vorbeigeschaut haben.«

Nachdem ich die Tür geschlossen habe, muss ich erst mal Atem holen. Denn ich habe kein Zelt. Ich werde nicht sterben. Und ich lüge sonst nie. Jedenfalls nicht jeden Tag.

Die Welt ist voller Notlügen: Die Leute haben saublöde Frisuren, ziehen blöde Hosen an und bauen Mist, aber das spricht man trotzdem nicht offen aus. Ich tu das jedenfalls nicht. Ich halte die Klappe. Oft halte ich ganz schön viel die Klappe.

Eine Wohnung ohne Strom wäre wie jeden Tag ein Ausflug in eine Berghütte. Oder wie ein Leben in der Bronzezeit. Aber ich sage Mama besser nichts davon. Sie wird so leicht traurig.

Eigentlich ist es schön, allein zu Hause zu sein, wenn man so wohnt wie wir. Ich sehe ein bisschen fern, ehe ich schlafen gehe.

Der Nachteil daran, wenn man einen leichten Schlaf hat, ist, dass man auch leicht aufwacht. Plötzlich sitzt Mama an meinem Bett und nuschelt etwas, das ich nicht verstehe.

»Was hast du gesagt?«, murmele ich.

»Hallo, du, mein Lieber«, sagt Mama und umarmt mich. »Du bist so lieb. So lieb.«

»Du bist auch lieb, Mama.«

Es wird eine lange Umarmung. Mama hat mich gern. Das hat sie wirklich. Ich hab sie auch gern. Mama erzählt mir noch einige Male, wie lieb ich bin. Nach einer Weile legt sie sich auf den Boden. Ich helfe ihr aufs Sofa und decke sie zu.

»Du bist so lieb, mein Junge«, ist das Letzte, was sie flüstert, ehe sie einschläft.

Draußen gibt es irgendwo eine total fetzige Sternschnuppe. Da bin ich mir sicher.

MEIN ZWEITES KAPITEL

Als ich aufwache, liegt Mama mit offenem Mund auf dem Rücken. Die Decke ist auf den Boden gerutscht.

Ich versuche, aus dem Bett zu klettern, um die Decke aufzuheben. Das Erste, was ich merke, ist, dass mein Auge wehtut. Also nicht so sehr. Aber doch so sehr, dass ich lieber nicht blinzeln will. Das Zimmer dreht sich zum Glück nicht, als ich auf die Beine komme, und ich decke Mama wieder zu, ohne sie zu wecken.

Heute mache ich das Frühstück. Das tue ich nicht jeden Tag. Manchmal brät Mama ein Omelett und redet so viel, dass ich am Ende nicht mehr zuhöre. Und auf jeden Fall lasse ich meine Gedanken gern auf Reisen gehen, ehe der Alltag über mich hereinbricht.

Zum Glück ist gerade noch genug Brot für das Frühstück vorhanden. Ich schreibe für Mama einen Zettel: *Hoffentlich hast du lange geschlafen. Wir brauchen was zu essen. Ich kann nach der Schule gern einkaufen gehen. Hab dich lieb. Kuss, Bart.*

Ja, ich heiße Bart. Nicht so ein englisches Bart mit langem *A*. Nein, ich heiße Bart wie die Haare, die bei einem Holzfäller ums Kinn rum sitzen. Jedenfalls wird der Name hier so ausgesprochen, auch wenn ich nach diesem kleinen gelben Kerl aus den »Simpsons« benannt bin. Nicht, dass

Mama und ich uns jeden Tag die »Simpsons« reinziehen, aber es kommt schon vor, dass wir da mal vorbeizappen, schließlich läuft der Fernseher bei uns fast die ganze Zeit. Mama sagt dann jedes Mal, dass sie mich so genannt hat, damit ich so ein witziger harter Bursche werde. Einer, der hier im Leben zurechtkommt.

»Aber Bart ist doch erst zehn«, sage ich.

»Auch Bart wird irgendwann mal dreizehn.«

»Nein, wird er nicht. Er ist jedes Jahr immer wieder zehn.«

Ich glaube, Mama hätte gern einen Sohn, der härter im Nehmen ist. Deshalb gehe ich zum Boxen. *Irgendwann wirst du mir dafür dankbar sein, dass du das gelernt hast,* sagt Mama immer.

Nicht, dass ich jemals Geldeintreiber oder Auftragskiller werden möchte, aber es kann doch sein, dass jemand vorhat, mich zum Krüppel zu schlagen. Und dann kann es ja sein, dass ich Mama dankbar bin. Es kommt ein bisschen darauf an, wer gewinnt.

Ein Bart Simpson bin ich jedenfalls nicht. Ich hätte wahrscheinlich anders heißen müssen, aber jetzt ist es ohnehin zu spät.

Ich brauche neuneinhalb Minuten bis zur Schule. Heute habe ich elf Minuten.

Ehe es klingelt, stehe ich vor dem Schultor und hole tief Luft. *Neuer Tag, neue Chance,* hat mal irgendwer gesagt. Nicht alle, die sich solche Sprüche ausdenken, wissen, wovon sie reden, aber ich glaube, der hier stimmt. Das Schöne am Leben ist, dass man nie weiß, was passieren wird. Ein bisschen so, als ob jeder Tag ein Geschenk wäre. Pack aus und sieh, was du kriegst. Ich brauch nur schnell ein bisschen Extra-Sauerstoff, ehe ich auf den Schulhof gehe. Man kann sich ja nicht auf alles hier im Leben freuen.

Jetzt denkt sicher irgendwer, ich würde gemobbt. Aber das stimmt nicht.

Ich habe keinen Spitznamen. Niemand versteckt mein Mäppchen oder drückt mich ins Klo. Ich bin das nicht, über den Witze gerissen werden.

Denn ich habe Bertram in der Klasse. Ja, auch er hat Pech mit seinem Namen. Ich mache immer einen kleinen Bogen um Bertram. Bart und Bertram klingt nicht wie zwei Kumpels, es klingt eher wie zwei Clowns in einem Zirkus.

Bertram wird gemobbt. Nicht so, dass die anderen ihn mit Sandpapier einreiben oder am Unterhosengummi aus dem Fenster halten. Es sind kleine Stiche, die den Lehrern nicht auffallen. Ein fieser Kommentar, einmal Beinchen stellen, wenn niemand hinschaut, ein verschwundenes Mäppchen. Bertram verrät nie etwas. Er hängt einfach am Rand herum und fragt sich bestimmt, was er falsch macht.

Das weiß ich nicht.

Ich würde Bertram gern dabei helfen, ein bisschen beliebter zu werden, aber ich bin sicher der, dem das am wenigsten gelingen würde.

Ich gehe sofort zu meiner Clique. Wir stehen in einem kleinen Kreis da und reden über Dinge, die wir im Fernsehen gesehen oder im Netz gefunden haben.

»Einen in die Fresse gekriegt?«, fragt einer der anderen im Kreis und schaut mein Auge an.

»Sofaunfall«, antworte ich.

Jetzt sollte man vielleicht meinen, dass jemand als Nächstes fragt: »Hat es dich angegriffen?«, oder: »Lebt das Sofa noch?«

Aber nein. Die Art von Freunden sind wir nicht.

Niemand in der Schule weiß, dass ich Boxer bin. Niemand in der Schule weiß überhaupt besonders viel über mich. Einmal, als wir von unserem Hobby erzählen sollten, habe ich gesagt, dass ich Bilder von Massenmördern sammle. Das stimmt nicht, aber es ist die Sorte von Hobby, bei dem die anderen den Mund halten. Hätte ich was vom Boxen erzählt, dann hätte in der nächsten Pause irgendwer meine Fähigkeiten auf die Probe gestellt, darauf könnt ihr wetten.

In der Klasse sitzen wir zu zweit nebeneinander. Ich habe jetzt seit mehreren Wochen Glück. Neben mir sitzt Ada. Ich glaube, sie ist das netteste Mädchen in der Klasse, jedenfalls eine von den drei nettesten. Ada hat ein Lächeln mit ungewöhnlich vielen Zähnen. Die sind weißer als frisch gefallener Schnee.

Jetzt glaubt sicher irgendwer, ich wäre wahnsinnig verliebt in Ada. Kaum hat man etwas Nettes über ein Mädchen gesagt, stellt alle Welt sich Geknutsche und Gefummel vor. Aber ihr könnt eure Fantasie gleich wieder ausschalten. Aus mir und Ada wird nie im Leben ein Paar. Das geht einfach nicht. Ich kenne die Regeln. Wir werden nicht einmal Freunde werden. Aber wir können in der Klasse nebeneinandersitzen. Und schließlich habe nicht ich die Regeln gemacht.

»Hallo«, sage ich zu Ada.

»Hallo, Bart.«

Das Einzige an ihr, was mir nicht so gut gefällt, ist, dass sie so oft meinen Namen benutzt. Bart liegt irgendwie wie ein viereckiger Stein in ihrem Mund. Mit Bob oder Ronaldo würde das besser gehen.

»Ich hab das hier für dich ausgeschnitten«, sagt sie und reicht mir einen ausgedruckten Internetartikel über einen Typen mit wahnsinnig buschigen Augenbrauen.

Er heißt Joe Hendersen. Und er hat mindestens vier Frauen umgebracht. Vielleicht sogar zehn. Ada bringt mir nicht zum ersten Mal ein Bild für meine Massenmördersammlung mit.

»Super. Den hab ich noch nicht.«

Ich muss ja einen gewissen Überblick darüber haben, welche Massenmörder sie mir schon mitgebracht hat, deshalb stecke ich die von ihr in einen eigenen Umschlag, auf dem »Ada« steht. Der liegt zu Hause unter der Matratze. Ich werde ganz schön viel erklären müssen, wenn Mama ihn findet, aber schließlich beziehe ich das Bett immer selbst.

Ich steckte das Bild in meine Schultasche. Adas Hobby ist Tanzen. Aber von mir kriegt sie keine neue Strumpfhose.

Jetzt denkt sicher irgendwer, dass Ada sich für mich interessiert, wo sie mir doch Massenmörderbilder mitbringt. Aber nichts da, Ada hat einen Freund. Sie hat mir schon einige Male von ihm erzählt. Er wohnt in einer Stadt, an deren Namen ich mich nicht erinnern kann, ungefähr da, wo Ada Verwandtschaft hat. Und er ist offenbar ein bisschen älter als wir.

»Diese Matheaufgaben hab ich nicht ganz kapiert«, sagt Ada.

Darum geht's nämlich. Ich glaube, nur deshalb bringt sie Bilder von Massenmördern für mich mit.

»Du kannst dir gern mal meine ansehen«, sage ich und schiebe ihr mein Heft hin.

Sie schreibt ganz schnell ab.

»Danke, Bart, du bist der Hit.«

Unser Klassenlehrer heißt Egil und ist ewig schlecht gelaunt. Angeblich war er einmal norwegischer Meister im Minigolf. Im Moment steht er vorn am Pult und sieht ungewöhnlich gut gelaunt aus.

»Jetzt seid mal ganz ruhig, ja? Ich habe eine wichtige Mitteilung.«

Ein paar Typen in der Reihe beim Fenster reden einfach weiter.

»He, Jungs. Hört doch mal zu. Wie ihr wisst, ist unsere Klassenstufe für die Unterhaltung beim Sommerfest zuständig. Und wir wollen doch alle früheren Jahre übertreffen. Das vorige Jahr war schließlich eine Katastrophe. Das können wir auf jeden Fall besser! Und natürlich wollen wir unsere Parallelklasse schlagen. Alle, die irgendetwas besonders gut können, melden sich jetzt einfach mal, und dann bauen wir so ein richtig fantastisches Programm zusammen.«

»Ich will tanzen«, flüstert Ada mir zu.

»Sehr gut«, antworte ich.

»Ich hänge eine Übersicht hier an die Wand, und dann könnt ihr euch einfach eintragen«, sagt unser Klassenlehrer. »Schaut mal, wie schön bunt die Übersicht ist.«

Ich weiß in diesem Leben nur wenig mit absoluter Sicherheit, aber das hier gehört dazu: Auf diesem Sommerfest werde ich rein gar nichts leisten.

Die Stunde wird eine von den langweiligen, die nicht unbedingt in die Weltgeschichte eingehen werden. Was passiert, passiert sowieso in den Pausen.

Manchmal stehe ich am Rand des Randes. Ich weiß nicht immer so ganz genau, wie ich hier draußen gelandet bin, aber jetzt bin ich komplett in Gedanken versunken, und plötzlich stehe ich dann ganz unten am Zaun. Das ist Bertrams Bereich. Ich schaue mich um, ob er vielleicht in der Nähe herumhängt, aber ich kann ihn nicht entdecken. Also laufe ich rasch zu meinem Kreis und höre, dass sie über das Sommerfest reden.

Alle scheinen mitmachen zu wollen. Als ob ein Erfolg beim Sommerfest zugleich der direkte Weg zum Ruhm wäre.

»Willst du denn nichts machen, Bart?«, fragt dann plötzlich jemand.

Hier sollte ich natürlich den Namen des Jemands nennen. Aber Tatsache ist, dass ich den nicht mehr weiß. Irgendwer erklärt jetzt sicher, dass man sich die Namen seiner Klassenkameraden merken muss. Und da liegt irgendwer nicht so ganz falsch.

Aber ich will mal ganz ehrlich sein: Die Sorte Kameraden, die sich gegenseitig hilft und nach der Schule etwas Witziges unternimmt, sind wir nicht. Das hier ist der Kreis für die, die nicht drinnen sind. Trotzdem – solange wir im Kreis stehen und quatschen, sind wir auch nicht draußen. Ich habe diesen Kreis »Niemandsland« getauft, aber natürlich habe ich das noch nie laut gesagt.

Die anderen haben sicher viele gute Eigenschaften. Ich weiß nur nichts darüber. Wenn jemand aus diesem Kreis bei einem grauenhaften Unfall ums Leben kommt, werde ich traurig sein, aber ich werde nicht zusammenbrechen. Es gibt genug andere Dinge in diesem Leben, über die man traurig sein kann. Es kann gut sein, dass ich noch davon erzähle. Aber nicht gerade jetzt. Denn in diesem Moment warten sie alle auf meine Antwort.

»Äh, nein«, sage ich.

Niemand fragt, warum ich nicht will. Niemand bittet mich, bei irgendeinem Wahnsinnsplan mitzumachen. Sie nicken nur und reden weiter. Sie wollen Instrumente spielen, jonglieren und Jo-Jo-Tricks vorführen. Es kann ein gutes Sommerfest werden.

Der Schultag ist wie die meisten anderen. Keine großen Wellentäler, keine hohen Wellenkämme. Meine Hose reißt in der großen Pause im Schritt auf, aber das sieht niemand. Zählt etwas, das niemand sieht?

Auf dem Heimweg aus der Schule, als ich gerade die Kopfhörer aufsetzen will, taucht Ada neben mir auf. Es ist eigentlich seltsam, denn sie wohnt nicht in meiner Nähe. Ich weiß gar nicht, wo genau. Sie ist mir noch nie auf dem Schulweg begegnet.

»Geht das mit der Hose?«

»Mit welcher Hose? Der da? Stimmt irgendwas damit nicht?«

»Vergiss es. Was hörst du denn da?«, fragt sie und nickt in Richtung der Kopfhörer.

»So allerlei.«

»Cool. So allerlei hör ich auch gern.«

»So allerlei ist ganz schön gut«, erkläre ich. »Es ist jedenfalls nicht alles ganz gleich.«

»Klingt gut. Kann ich es auch mal hören ... also das nicht ganz Gleiche? Nur um zu hören, wie wenig gleich das ist?«

»Ja ... sicher doch.«

Herausforderungen soll man doch gelassen annehmen. Sie will sich ein Bild von der Breite meines musikalischen

Geschmacks machen. Um ganz ehrlich zu sein, weiß ich nicht, wie ich dieses Problem lösen soll.

In der Hosentasche hab ich einen ziemlich schrottigen MP3-Player. Der ist voller riesiger Männer, die jede Menge ausgefallene Sachen singen und sich garantiert ganz schön gleich anhören. Ich glaube nicht, dass Ada mit »nicht ganz das Gleiche« Leute meint, die ganz allein mit ihrer Stimme Fensterscheiben vibrieren lassen.

»Der Akku ist offenbar leer«, sage ich und schaue in meine Tasche.

»Ist vielleicht noch ein kleines bisschen übrig, damit ich mal kurz reinhören kann?«

Jetzt meint ihr vielleicht, in meinem Alter hört doch sonst niemand Opernmusik? Natürlich nicht. Na gut, ich gebe ja zu, viele Opern sind auch nicht gerade leicht zu hören. Sie haben nicht diese ohrwurmmäßigen Refrains, und oft geht es um Tod und Sterben und so. Aber ich find die Stimmen toll. So einen Bariton, der zuschlägt, bis mir in den Ohren der Schweiß ausbricht. Gut geölte Stimmbänder, eine riesige Lunge und jede Menge Bauchmuskeln – und plötzlich strömt ein unglaublicher Klang heraus.

Bleibt mir etwas anderes übrig?

Ich suche in den Liedern. Natürlich hätte ich ein paar Superstar-Sieger und ein paar Leute aus dem Disney-Channel aufnehmen sollen, aber jetzt ist es für so was ein bisschen spät. Ich schlage mit Bryn Terfel zu. Einem walisischen Stier, der viel besser singt als so mancher andere.

Als Ada die Kopfhörer aufgesetzt hat, sehe ich, dass die Leitung eigentlich länger sein müsste. Wir müssen viel zu eng nebeneinandergehen.

Eigentlich ist es nur eine mittelgroße Katastrophe, wenn

sie in der Schule das Gerücht aussetzt, dass ich gern Opern höre. Ich werde davon zwar nicht beliebter, aber andererseits auch nur etwas seltsamer. Wenn man Oper und Massenmörderbilder zusammennimmt, bin ich schon richtig verschroben. Ich will zwar grau sein, aber der Balanceakt ist nicht so ganz leicht.

Sie sieht mich an. Ich erwarte eine geschockte Miene. Vielleicht ein spöttisches Lachen. Die Frage, ob das ein Witz sein soll.

»Cool.«

»Was hast du gesagt?«

»COOL!«, wiederholt sie etwas zu laut.

Ich nicke. Ist das wirklich ihr Ernst? Sie hört eine Weile zu, dann nimmt sie die Kopfhörer ab.

»Der hat echt eine Wahnsinnsstimme«, sagt sie und fragt dann: »Hast du auch noch andere Musik auf Lager?«

Das war's. Warum hab ich nicht einfach so für den Notfall ein bisschen Lady Gaga aufgenommen?

»Vielleicht ...«

»Oder magst du nur solche Musik?«

»Nein, ich mag unglaublich viel verschiedene Musik. Aber manchmal, dann ... ist so was ... schön. Ein seltenes Mal, sozusagen.«

»Du magst nur solche Musik, du.«

Das ist einfach das Problem bei Mädchen. Sie begreifen die Dinge, sogar wenn man etwas anderes sagt. Es ist faszinierend und beängstigend zugleich.

»Ja, das kann schon sein.«

»Singst du denn auch selbst?«, fragt sie.

Jetzt hab ich wirklich Angst. Ich weiß nicht, wie Mädchen das machen, aber anscheinend brauch ich nur zu blinzeln oder den Mund aufzumachen, und sie lesen mir alles vom Gesicht ab, als hätte ich gerade einen kompletten Roman von mir gegeben.

»Ich … ich singe ein bisschen.«

Mein Mund scheint etwas ganz anderes zu tun, als mein Gehirn ihm befohlen hat. Denn das ist genau das, was ich keinem Menschen jemals sagen wollte. Auf beunruhigende Weise habe ich das Gefühl, dass Ada es schon weiß.

»Krass.«

»Echt?«

»Klar. Was machen denn die anderen schon? Fußball und Schulorchester. Weißt du, wie viele Mädchen tanzen? Fast alle. Aber du, du singst Oper.«

»Ich bin nicht besonders gut …«

»Macht doch nichts.«

Ich bin fast ein bisschen außer Atem, obwohl wir ganz langsam gehen.

»Kann ich dich mal singen hören?«

Ich bin verwirrt. Glaube ich. Ist das ihr Ernst?

»Das ist …«, fange ich an und schaue mich um.

Ich kann doch nicht hier draußen singen. Ist das eine gute Entschuldigung? Oder soll ich ihr etwas von Halsschmerzen erzählen?

Ada ist nicht blöd. Und ich hab sicher schon erwähnt, dass sie ganz schön viele Zähne im Mund hat, wenn sie lächelt.

»Ich kann eine Aufnahme für dich machen. Ich singe am besten, wenn dazu Musik läuft«, sage ich.

Das stimmt sogar.

»Na gut. Darauf freu ich mich schon.«

»Ich kann das heute Abend machen.«

»Gut. Ich wohn dahinten«, sagt sie und zeigt zurück auf die Schule.

Ich nicke und hebe die Hand zu einer Art ungeschicktem Gruß.

»Du solltest mehr lächeln. Das steht dir gut.«

Ada geht. Ich bleibe stehen. Wie ist das denn gemeint? Lächeln steht mir gut? Sagen Mädchen so etwas zu Jungen, ohne dass es gleich hundert Dinge bedeutet, die ich nicht begreife? Ich lächele viel zu selten vor dem Spiegel, deshalb kann ich nichts dazu sagen.

Wie sehe ich sonst aus? Ich bin ziemlich klein. Nicht kleinwüchsig, aber fünfzehn oder zwanzig Zentimeter mehr könnten nicht schaden. Meine Haare sind braun, ziemlich kurz, und Mama schneidet sie mir. Meine Augen sind blau, nicht wie das Meer oder der Himmel, eher wie abgenutzte Jeans.

Eigentlich habe ich den Verdacht, dass mein Aussehen ein bisschen anonym ist. Einer, den man direkt wieder vergisst, sobald man den Blick auf etwas anderes richtet. Vielleicht könnte ich mir eine lange Nase oder Kaninchenzähne zulegen, damit den Leuten etwas in Erinnerung bleibt. Ich kann mir natürlich ein Schlangentattoo machen lassen, wenn ich älter bin, so eine Schlange, die sich an meinem Hals hochringelt. Auch wenn das nicht gerade elegant aussieht.

Ich hole tief Atem und gehe nach Hause. Manchmal muss ich nämlich auch tief Atem holen, ehe ich nach Hause gehe.

MEIN DRITTES KAPITEL

»Was ist denn mit deinem hübschen Gesicht passiert?«

Mama mustert mein Auge.

»Training«, erkläre ich.

»Stimmt das? Was bist du für ein tapferer Junge.«

Sie streichelt meinen Kopf. Mama sitzt da in einem Morgenrock, der eigentlich größer sein müsste.

»Die kassieren sicher ganz schön Prügel von dir«, sagt sie und lächelt.

»Das kann schon passieren.«

»Du bist der geborene Kämpfer, mein Junge.«

Ich weiß nicht so ganz, was ich darauf antworten soll, deshalb lächele ich.

Und sie lächelt dann immer zurück. Es macht nichts, dass ihr unten ein Zahn fehlt.

Jetzt sollte ich vielleicht auch unsere Wohnung beschreiben, wo ich schon gesagt habe, wie Mama aussieht. Aber manchmal ist es so schwer, die richtigen Worte zu finden. Mama ist weich wie ein Kissen und die Wohnung ist eine Nummer kleiner als ein Schloss. Reicht das?

»Ich hab heute Abendschicht im Supermarkt«, erzählt Mama.

»Wie gut.«

Wenn Mama im Laden Abendschicht machen muss, bringt sie manchmal Essen mit nach Hause, das sein Verfallsdatum überschritten hat. Neulich hatte sie Koteletts und Wiener Würstchen, und wir haben gegessen, bis wir fast geplatzt sind. Ich weiß nur nicht, wie ich sie dazu bringen soll, häufiger zu arbeiten.

»Ich hab heute nichts zu essen. Du kannst dir ein paar Salzstangen nehmen«, sagt Mama.

»Ich hab eigentlich gar nicht solchen Hunger.«

»Tut mir leid, dass ich nichts anderes habe.«

»Ich kann ja ein paar Salzstangen essen.«

Ich sage nicht, dass Salzstangen nicht schmecken, sie schmecken ja eigentlich sehr gut. Aber es ist schwer, von Salzstangen satt zu werden. Sie sind so salzig und enthalten so viel Luft. Ich kriege jedenfalls Bauchweh, statt satt zu werden.

»Ich bring ganz bestimmt heute Abend etwas richtig Leckeres aus dem Laden mit«, sagt Mama.

»Dann schlafe ich ja vielleicht.«

»Dann kriegst du es zum Frühstück.«

»Wie gut.«

Diese zwei Wörter benutze ich oft. »Wie« und »gut«. Nicht, weil ich sagen will, wie gut alles ist, sondern weil es schnell sehr negativ klingt, wenn man nur »okay« oder »na ja« sagt oder den Mund hält.

»Schön, dass du wieder arbeitest«, füge ich hinzu.

»Diesmal werde ich es schaffen. Versprochen.«

»Wie gut.«

Jetzt hab ich es schon wieder gesagt. Ich hätte vielleicht sagen sollen, »versprich nicht zu viel« oder »das werden wir ja sehen«. Aber das ist nicht meine Art. Außerdem versaut es die Stimmung. Und es passiert nur ganz selten, dass eine miese Stimmung den Tag besser werden lässt.

»Oma kommt morgen mal vorbei. Wir müssen uns überlegen, was wir sagen wollen.«

»Okay.«

Ich sage nichts von dem Mann von Hafslund, der bei uns war. Aber ich erwähne das Sommerfest.

»Willst du da irgendwas machen?«, fragt Mama.

»Nein.«

»Diesmal komme ich bestimmt.«

»Wie gut.«

»Das ist mein Ernst, Bart. Ich komme ganz bestimmt.«

»Du kannst ja mal abwarten.«

»Ich kann abwarten. Aber ich komme bestimmt.«

Mama ist nicht gern auf Veranstaltungen in der Schule. Ich kann mir vorstellen, warum das so ist. Die Leute sind so verschieden. Aber es wäre vielleicht eine Hilfe, wenn sie einen Versuch machte. Will ich, dass sie kommt? Das ist eine schwierige Frage.

Als Mama gegangen ist, mach ich die Musik an, atme tief durch und singe lange Töne. Nach zwei Versuchen mache ich eine Aufnahme mit dem Rechner. Ich bin nicht gerade ein Vollblutopernsänger, aber ich singe rein, und manchmal bin ich ein bisschen beeindruckt, wenn ich mir die Aufnahmen anhöre. Ich hoffe, das klingt jetzt nicht zu protzig. 'tschuldigung.

Ein bisschen schade ist es ja, dass ich nie auf einer Bühne stehen werde. Aber einige Dinge im Leben muss man eben hinnehmen.

Ich brenne eine CD und schreibe darauf »für Ada«. Danach bereue ich alles und brenne noch eine. Wenn ich »für

Ada« schreibe, sieht es aus wie ein Geschenk. Aber das hier ist kein Geschenk, das hier ist ein Beweis. Ich stecke die CD in einen Umschlag und lege den in meine Schultasche.

Ich interessiere mich überhaupt nicht für Ada. Niemand soll das glauben, und sie schon gar nicht. Ada ist mit einem coolen Typen zusammen, der in einer unbekannten Schule viele Meilen von hier auf die Mittelstufe geht.

Ich esse Salzstangen, trinke Wasser und mache dabei Hausaufgaben. Die Türklingel geht, aber diesmal mache ich nicht auf. Ich schaue nicht einmal durch den Türspion. Es wird Zeit, sich klug zu verhalten. Es klingelt wieder. Ich schalte den MP3-Player an und überlasse den Rest dem Gesang.

Ich gehe gegen elf Uhr schlafen, aber im Treppenhaus ist so ein Krach, deshalb liege ich noch eine Weile wach. Als ich endlich eingeschlafen bin, kommt Mama nach Hause.

»Du bist so lieb, mein Junge«, sagt sie und streichelt meine Haare.

»Mhm«, murmele ich.

»Es tut mir so leid. Ich wollte ja sofort nach Hause kommen, aber dann … das wollte ich nicht.«

»Ist schon gut, Mama.«

»Und dann habe ich das Essen vergessen. Ich hatte die Tüte unter den Tisch gelegt …«

»Das macht nichts.«

»Es tut mir wirklich leid, mein Junge. Ach, mein Junge, du bist so lieb.«

Es ist schön, wenn Mama meinen Kopf streichelt. Ab und zu sitzt sie am Bett und streichelt mich ziemlich lange. Wenn ich durch den Mund Luft hole, kann ich ihren

Atem nicht riechen. Aber ich darf nicht wieder einschlafen. Denn dann kann Mama sich nicht aufs Sofa legen.

»Du musst ins Bett«, sage ich.

»Du bist so lieb, mein Junge«, sagt sie noch einmal.

Nachdem ich Mama aufs Sofa geholfen habe, schlafe ich sofort wieder ein.

Als am Morgen der Wecker klingelt, stecke ich mitten in einem Traum, an den ich mich einfach nicht erinnern kann. Aber es war ein schöner Traum. Da bin ich mir ganz sicher.

Mama liegt auf dem Rücken und schläft sehr laut. Ich esse die restlichen Salzstangen und gehe in die Schule.

»Bitte sehr«, sage ich und gebe mitten im Chaos, als wir ins Klassenzimmer kommen, Ada den Umschlag mit der CD.

Offenbar hat niemand etwas bemerkt.

»Danke, Bart«, sagt sie leise und lächelt. Sie steckt den Umschlag in die Schultasche. »Ich hör es mir an, wenn ich zu Hause bin.«

»Du darfst dir aber nicht so große Erwartungen machen.«

»Doch. Riesengroße.«

Wieder lächelt Ada. Ich weiß ja, dass sie nur Spaß macht. Aber sie macht es auf eine Weise, dass ich verwirrt und glühend heiß werde. Ich lasse sie die Hausaufgaben abschreiben.

Unser Klassenlehrer redet darüber, dass er noch mehr Vorschläge für das Sommerfest haben will, dann geht er die Liste mit den bisherigen Anmeldungen durch. Ada will zusammen mit einigen anderen Mädchen aus der Klasse HipHop tanzen. Einige wollen Geige und Klavier spielen, noch andere Sketche und Jo-Jo-Tricks vorführen, zwei Mädchen wollen etwas singen, mit einem Song von Beyoncé als Playback, und Geir-Ove schlägt seine Zaubertricks vor, die wir alle schon hundertmal gesehen haben.

»Denkt daran, dass jeder Vorschlag willkommen ist«, sagt unser Klassenlehrer dreimal.

In der Pause stehe ich mit Wie-heißt-er-doch-noch-gleich da. Komisch, dass ich es so schwer finde, mir seinen Namen zu merken.

»Gestern hab ich ein saugutes Spiel gespielt«, sagt er.

»Wie gut ...«

»Ich weiß nicht mehr genau, wie das heißt. Da war so ein Typ, der ... nein, zuerst muss man ... also, das Intro ist total cool. Es fängt mit so einer Landschaft an, und dann kommt ein Typ mit einem Schwert ... hast du das schon mal gespielt?«

»Nein.«

»Das ist total cool. Ich hab fast die ganze Nacht gespielt.«

Solche Gespräche führen wir. Vielleicht müsste ich mich mehr für das Spiel mit diesem Typen und seinem Schwert interessieren, ich spiele bloß so selten. Was aber nicht daran liegt, dass ich keine Lust hätte.

Vermutlich gibt es auf dem Schulhof zu viel Lärm und zu viele Stimmen, um jetzt von drückendem Schweigen zu reden. Aber ich habe nur sehr wenig zu sagen, was es mit dem Schwertheini und seiner Wahnsinnsgrafik aufnehmen kann. Ich könnte natürlich die Wahrheit über meine Nacht erzählen: »Übrigens hat Mama mich um drei geweckt, um mir hundertmal zu sagen, dass sie mich lieb hat.« Aber ich habe so das Gefühl, dass es Wie-heißt-er-doch-noch-gleich danach schwerfallen würde, mit mir zu reden.

»Warm heute«, sagt er.

Ich nicke, obwohl es gar nicht besonders warm ist.

Plötzlich steht er da. Bertram stiehlt sich neben mich. Jetzt sind wir ein Kreis aus drei Leuten. Einer davon ist Bertram. Bei mir und Wie-heißt-er-doch-noch-gleich schrillen die Alarmglocken los.

»Das periodische System ist eine ganz schön gute Klassifizierungstabelle«, sage ich und hoffe, dass er geht, wenn er nicht kapiert, wovon wir hier reden.

Das Problem ist nur, dass Wie-heißt-er-doch-noch-gleich nichts kapiert.

»Was redest du da?«

Ich hätte zwinkern müssen, als ich das gesagt habe.

»Vergiss es.«

»Eins wüsste ich ja gern«, sagt Bertram vorsichtig.

Will er jetzt fragen, ob wir Freunde sein können? Sagen, dass wir, die nicht dazugehören, zusammenhalten müssen?

»Ich wüsste nur gern, ob ihr beim Sommerfest mit mir zusammen rappen wollt«, sagt er jetzt.

Diese Frage muss ich wirklich erst mal verdauen. Nicht, weil ich irgendwelche Zweifel daran hätte, wie ich sie beantworten soll, sondern weil ich plötzlich nicht sicher bin, ob ich richtig gehört habe.

Wie-heißt-er-doch-noch-gleich reagiert schneller.

»Das erlaubt meine Mutter nicht.«

»Das erlaubt sie nicht?«, fragt Bertram.

Ich bin auch sehr gespannt, wie er sich jetzt retten will.

»Ja, sie will nicht, dass ich in ein Ghetto ziehe und mit Schusswaffen durch die Gegend laufe.«

Er läuft rosa an, als er das sagt. Bertram sieht mich an. Es muss doch möglich sein, eine bessere Lüge zu finden.

»Ich werde auf dem Sommerfest ein Solo singen.«

»Na gut«, sagt Bertram und geht.

»Du willst beim Sommerfest singen?«, fragt Wie-heißt-er-doch-noch-gleich, sobald Bertram außer Hörweite ist.

»Nein, ich musste mir nur schnell was ausdenken. Und meine Lüge war immerhin besser als deine.«

»Das war keine Lüge. Meine Mutter ist total wild darauf, dass ich die Finger vom Rap lasse. Sie glaubt, ich muss sonst von Sozialhilfe leben und kriminell werden.«

»Sozialhilfe«, wiederhole ich ein bisschen zu laut. »Ausgerechnet Sozialhilfe.«

Gut, dass ich kein Schauspieler werden will.

»Bertram rappt. Ist das nicht reichlich bescheuert?«

»Und was, wenn er Erfolg hat? Stell dir das mal vor!«

Wir erstarren beide. Wenn Bertram plötzlich zum beliebten Rapper wird, müssen sich die anderen in der Klasse nach einem neuen Ziel für Gemeinheiten und Mäppchenklau umsehen. Offenbar gibt es auch dafür ungeschriebene Regeln. Sofort kriegen wir beide eine Höllenangst.

»Sollen wir nach der Schule noch irgendwas machen …?«, fragt er plötzlich.

In diesem Moment fällt mir ein, dass er Jonas heißt. Vielleicht könnte Jonas mein bester Freund werden? Mit einem besten Freund ist man nicht so schnell außen vor. Natürlich muss man sich den Namen seines besten Freundes merken.

Dieser Hoffnungsfunke überlebt nur einen Moment. Ich weiß, dass ich nach der Schule keinen Freund haben kann. Was soll ich denn sagen, wenn er mit mir nach Hause kommen will?

»Ich hab so viele andere Pläne. Also, ich glaube, das geht nicht … Jonas.«

»Ich heiße Brage.«

»Ich hab's ja gewusst.«

Zum Glück klingelt es jetzt. Solche Gespräche sind oft ein bisschen wie Schlittschuhlaufen. Plötzlich rutscht man zur Seite weg und knallt mit dem Kopf auf den Boden.

Nach der letzten Stunde stürze ich so schnell davon, dass garantiert niemand mit mir zusammen gehen will. Ich stülpe mir die Kopfhörer über den Schädel und erwecke den Player zum Leben.

Auf der Straße mit Play-back zu singen sieht ja ein bisschen bescheuert aus. Ich schalte meine Stimme immer auf lautlos, aber zu Opernmusik den Mund zu bewegen, das sieht doch fast so aus, als ob ich Fliegen verschlucken wollte. Ist trotzdem eine gute Methode, um Lieder zu lernen. Es ist ein bisschen so, als ob mein Leben einen eigenen Soundtrack hätte. Wie ein ziemlich langweiliger Film mit etwas zu dramatischer Musik.

Mama ist nicht zu Hause, deshalb stelle ich mich mitten ins Zimmer und singe aus voller Kehle. Ich kann sie nicht anrufen und fragen, wo sie ist, aus zwei ganz einfachen Gründen: Ich hab noch nie ein Handy gehabt, und ihrs ist abgeschaltet worden, weil sie die Rechnungen nicht bezahlt hat. Den MP3-Player hat Mama bei Cheap Charlie gekauft. Er wohnt in unserem Aufgang und ist Spezialist für Schnäppchen. Er hat uns auch den Rechner für sechshundert Kronen überlassen. Er meinte, den könnte er für so wenig Geld hergeben, weil er sich einen neuen gekauft hat.

Auf dem Rechner waren ganz viele Bilder, und auf keinem davon war Cheap Charlie zu sehen. Ein Polizist, der bei uns in der Schule war, hat gesagt, Hehlerei sei genauso schlimm wie Stehlerei. Na super. Dann haben wir sechshundert Eier hingeblättert, um zu Dieben zu werden? »Die Leute können sich einen neuen leisten«, sagte Mama, als wir uns die Bilder angesehen haben. Sie waren in den Ferien anscheinend oft in warmen Gegenden, und in ihrem Garten steht ein riesiges Trampolin. Aber es ist doof, seine Bilder zu verlieren, deshalb hab ich sie auf CDs gebrannt, hab die Adresse von einem eingescannten Brief abgeschrieben und die CDs mit der Post geschickt. Vielleicht hatten sie ja Sicherheitskopien gemacht, aber man kann nie wissen.

Vorher hab ich noch sorgfältig alle Fingerabdrücke von den CDs und dem Briefumschlag gewischt. Gefängnis ist nichts für Mama, und ich habe keine Lust festzustellen, was das Jugendamt so für Wohnbedingungen anzubieten hat.

Ich logge mich ins offene Netzwerk der Nachbarn ein und gehe auf Facebook. Als Freunde habe ich vier vom Boxen und zwei Simpson-Fans. In ihrem Leben passiert nicht viel Spannendes, und ich mache nie Updates für meins.

Danach suche ich Papa. Wie üblich kriege ich etwas über achtzig Millionen Treffer. Die Chance ist groß, dass einige von ihnen mit Papa zu tun haben. Ich weiß nur nicht, welche: Papa ist Amerikaner und heißt John Jones. Das ist ungefähr alles, was Mama freiwillig erzählt. Ich bin nicht sicher, ob sie sehr viel mehr weiß, sie haben sich in der Eile wohl nicht näher kennengelernt. Irgendwann werde ich ihn finden und ihn bitten, mit mir die Universal-Studios und vier oder fünf andere Themenparks zu besuchen. Aber erst mal habe ich wenig Anhaltspunkte. Keiner von den John Jonesen, von denen ich Fotos gefunden habe, hat Ähnlichkeit mit mir. Allein in Wikipedia gibt es siebenundsiebzig John Jonese, und viele von ihnen sind schon tot.

Auch heute finde ich keinen John Jones, der nach seinem unbekannten Sohn in Norwegen sucht. Zum Glück bleiben mir noch viele Millionen Netzseiten.

Mama kommt atemlos nach Hause und hat Oma im Schlepp.

»Hallo, mein Junge«, sagt Oma und verpasst mir eine Umarmung, die nach Dachboden und Nikotin riecht.

»Hallo«, sage ich mit dem Mund voll Bluse.

»Ich freue mich so darüber, dass du heute für mich singen willst«, sagt sie aufgeregt.

»Ach?«

Ich schaue zu Mama hinüber.

»Du brauchst Training, wenn du vor Publikum auftreten willst.«

Mama hat mich unzählige Male auf dem Klo singen hören. Da drinnen haben wir gute Akustik. Ich schließe dann immer die Tür ab, schließe die Augen und singe, so laut ich kann. Das geht gut, obwohl ich weiß, dass Mama vor der Tür steht. Mama wird sich freuen, wenn ich jetzt für Oma singe. Und Oma wird total begeistert sein. Sogar ich werde dann wohl ziemlich zufrieden mit mir sein.

»Ich kann es ja versuchen.«

Oma setzt sich aufs Sofa und erzählt von der Busfahrt und davon, dass sie gestern beim Bingo Kaffee gewonnen hat. Mama öffnet die Tüten von Burger King und verteilt das Essen auf Teller. Das Zimmer füllt sich mit leckerem Duft. Ein Burger für Oma, zwei für mich und sechs für Mama.

»Gibt es denn vor dem Essen ein kleines Lied?«, fragt Mama und lächelt.

Ich schließe die Augen. Hole Luft. Stelle mir vor, dass ich auf dem Klo stehe. Und dann singe ich.

Es könnten Anfangsschwierigkeiten sein. Meine Stimme ist ja schließlich nicht aufgewärmt. Aber es wird immer schlimmer. Ich schnarre wie ein defekter Lautsprecher, und jeder Ton schneidet sich wie ein durchgeknallter Rasenmäher durch die Luft.

Zwei neugierige Blicke, und meine Stimmbänder verknoten sich, und jemand kippt mir Kies in den Hals. Ich wage nicht, die Augen zu öffnen und Omas traurigen Blick zu erwidern. Sie wird bestimmt etwas Nettes sagen, die pure Lüge, wie nur wohlmeinende Großmütter lügen können. Ich höre auf zu singen und stehe einfach mitten im Zimmer in meiner eigenen Finsternis. Meine Stimme ist eben nur für mich selbst gedacht. 'tschuldigung.

Ich blinzele. Keine klatscht.

»Schön, Bart«, sagt Oma. »Jetzt hab ich Hunger.«

Statt sich in einem Moor aus Lügen zu verirren, redet Oma gleich weiter.

»Die Hamburger sehen ja gut aus«, sagt sie begeistert. Ich habe eine kluge Oma.

Klar hab ich davon geträumt, auf einer Bühne zu stehen und Applaus und Jubel zu erleben. Dieses Gefühl ist vermutlich noch besser als fantastisch. Aber es wird nicht passieren. Das Schöne an mir ist, dass ich einfach hinnehme, dass sich im Leben eben nicht alles findet. Nur Trottel glauben, dass es gut ausgeht.

Das, wovon ich gehofft habe, dass es nicht passieren wird, passiert gleich nach dem Essen. Oma erkundigt sich nach

Mamas Job bei der Telenor. Dieser Job hat viele Vorteile. Mama wird da sicher Karriere machen. Das haben jedenfalls Mama und ich beschlossen. Ich habe mehrmals *Service Level Manager* gegoogelt, um herauszufinden, was die bei der Telenor eigentlich machen. Aber die englischen Wörter, die das erklären, sind keine von denen, die wir in der Schule lernen, und Google Translate ergibt nicht immer besonders viel Sinn. Ich habe mir trotzdem ein paar Stichwörter auf einen Zettel geschrieben.

Mama erzählt eine Geschichte über eine Kollegin, die sich zu einem Fest als Mobiltelefon verkleidet hatte. Ich glaube aber nicht, dass Oma viel davon begreift.

»Mama hat offenbar ein Talent für die Analyse von Stimmverkehr«, werfe ich dazwischen, als Mama mit ihrer Geschichte fertig ist.

Mama und Oma sehen mich an. Ich spinxe kurz auf meinen Zettel.

»Du hast doch gestern gesagt, dass die Untersuchung von proaktiver Kundschaft mehr Spaß macht als die Sicherstellung der Kundenbeschwerden.«

Oma schaut Mama fragend an, und für einen Moment habe ich das Gefühl, dass Oma lächelt. Mama sieht mich an wie etwas, das unter ihrer Schuhsohle festklebt.

»Er hat da wohl etwas missverstanden«, sagt Mama.

»Ja, ja, jedenfalls gut, dass du so eine Stelle gefunden hast«, sagt Oma und fügt dann hinzu: »Auch wenn du keine besondere Ausbildung hast.«

Sie schaut mich mit dieser seltsamen Miene an.

»Ich bin sehr stolz auf sie«, erkläre ich.

Wenn Mama auch mal kurz gegoogelt hätte, hätten wir uns darauf einigen können, was für eine Arbeit sie hat.

Glaubt Oma wirklich, dass sie beim »Level Servicing« eingesetzt wird und Chefin von vier Leuten ist, von denen zwei Børte heißen?

»Bedeutet das, dass ihr bald umzieht?«, fragt Oma.

»Ja, jetzt ziehen wir um«, sagt Mama.

Omas Fragen haben oft einen seltsamen Unterton. Als ob sie traurig wird, wenn sie die stellt. Mama sagt, wir sollten essen, solange die Burger noch lauwarm sind.

Beim Essen erzählt Oma von ihren netten Nachbarn. Ich höre nicht mehr zu und freue mich darauf, dass Oma geht, damit ich auf dem Klo singen kann. Nach dem Essen surfe ich im Internet und versuche, Sänger zu finden, die nur für sich selbst singen können. Ich finde eine Geschichte darüber, wie die Behörden auf den Philippinen Bußgelder von Leuten kassieren, die nicht lächeln, wenn sie die Nationalhymne singen, aber ich finde nichts, das mir weiterhilft. Stattdessen bringe ich die Zeit mit einem Spiel herum.

»Mama hat mir von dem Sommerfest erzählt. Ich werde kommen, weil Mama doch Spätdienst hat«, sagt Oma, ehe sie geht.

»Wie gut«, sage ich.

Oma kommt immer zu den Schulfesten. Sie fragt nie, warum Mama immer gerade dann Spätdienst hat, wenn in der Schule etwas los ist.

»Braucht ihr etwas?«, fragt Oma, als wir in der Tür stehen.

»Nicht doch, wir haben alles, was wir brauchen«, versichert Mama.

»Kann ich Bart einen kleinen Hunderter für irgendeinen besonderen Wunsch geben?«

»Nicht nötig, er hat gerade Taschengeld bekommen.«

»Du hast was am Schuh«, sage ich und zeige auf ein schmutziges Stück Küchenpapier, das unter ihrer Sohle klebt.

»Ach, ja, sicher etwas, das ich aus dem Treppenhaus mitgebracht habe – ich meine, von der Straße. Auf den Straßen wird ja nie mehr sauber gemacht. Kein Mensch interessiert sich noch dafür, wie unsere Stadt aussieht.«

»Nein, das wird im Moment wirklich schändlich vernachlässigt«, sagt Mama zustimmend.

Als Oma gegangen ist, muss Mama sich auf das Sofa setzen. Das knackt neuerdings bedrohlich.

»Großer Gott, wie die Frau immer nervt«, sagt sie.

»Ich finde Oma total in Ordnung«, sage ich.

»Du bekommst bald Taschengeld, Bart. Aber die Stütze gibt es ja erst am zwanzigsten.«

»Ich brauch im Moment auch gar kein Geld.«

Ich schließe mich auf dem Klo ein. Die Töne perlen hervor wie klares Glas, und ich merke, dass das Lied irgendwo tief aus Lunge und Bauch kommt. Es ist ein bisschen so, als ob ich zwei Personen wäre: Einer, der die Gehörgänge verwüstet, und einer, der so singt, dass Mütter stolz sein können. Ich glaube, diese beiden Personen sind sich noch nie richtig begegnet.

Als ich herauskomme, streichelt Mama meinen Rücken.

»Denk nicht daran«, sagt sie. »Es ist auch schön, für sich selbst singen zu können.«

»Mhm.«

»Es hört sich doch sehr schön an … durch die Tür.«

»Ich muss zum Training.«

»Dann schlag sie zusammen!«

Fliegengewicht. Das ist die Gewichtsklasse, in die sie mich demnächst stecken wollen. Sie könnten die auch gleich Mückengewicht nennen. Diese Klasse ist für Leute zwischen achtundvierzig und einundfünfzig Kilo. Vorläufig wiege ich sechsunddreißigeinhalb. Wenn man klein ist, hat das den Vorteil, dass man auch schnell ist. Das hat der Trainer gesagt. Eines Tages wird sich dieser Vorteil sicher auch bei mir zeigen.

»Gute Arbeit, Bart. Jetzt kannst du fünfzig Sit-ups machen.«

Am Trainer ist nichts auszusetzen. Er will nur, dass ich einer werde, der es mit den anderen Wichten im Fliegengewicht aufnehmen kann. Manchmal, spätabends unter der Decke, träume ich, dass ich in den kommenden Jahren wie ein Löwenzahn in die Höhe schieße und plötzlich auf Augenhöhe mit Muhammed Ali stehe und Gegner aus fernen Ländern k. o. schlagen kann. Bei diesem Traum bricht mir immer der Schweiß aus.

»Na los, Bart. Das soll Tempo sein?«

Boxen wird oft »die edle Kunst der Selbstverteidigung« genannt. Trotzdem geht es vor allem darum, den Gegner zusammenzuschlagen.

»Guter Versuch.«

Ja genau, das bin ich. Guter Versuch. Immer gebe ich alles. Auch, wenn das fast nie genug ist.

Ich mache mit Christian ein paar Sparringrunden. Wir sind gleich alt, aber trotzdem ist er einen Kopf größer und hat Muskeln, wie ich sie nie hatte. Aber er ist in Ordnung, wir nehmen die Sache leicht, er macht keinen Versuch, mich zu Boden zu schlagen, wenn der Trainer uns gerade den Rücken kehrt.

Beim Training reden wir nie über Leute, die durch das Boxen zu frittiertem Gemüse geworden sind. Hier geht es um die großen Fighter, Helden, die Prügel eingesteckt und ausgeteilt haben und die Prämiengürtel geholt haben, die in keine Hose passen.

Abgesehen von ab und zu einem »Hä?« in der Stunde, sehe ich keine Anzeichen dafür, dass ich plötzlich zurückgeblieben bin.

»Wie geht's denn?«, fragt Christian, als wir uns nebeneinander auf Plastikstühle an der Wand setzen.

»Es geht.«

»Dein Auge sieht ja schon wieder ziemlich gut aus.«

»Ja.«

»Wirst du in der Schule schikaniert?«

Abgesehen davon, dass wir Facebookfreunde sind, kenne ich Christian nicht. Seine Frage trifft mich ein bisschen wie ein Uppercut.

»Äh, nein.«

»Gut. Aber wenn das passiert, dann sag mir einfach Bescheid.«

»Ja.«

Eigentlich eine faszinierende Vorstellung. Christian taucht auf und schlägt Leute wie August und Johnny zu Brei.

Für den Moment hilft es, aber Christian kann ja nicht jeden Tag auftauchen, um die Jungs zusammenzufalten.

Unser Trainer redet darüber, dass man in die Hose pissen kann, um warm zu bleiben.

Christian steht auf und fängt an, auf einen Punchingball einzuschlagen. Ich begnüge mich damit, ein bisschen in die Luft zu boxen.

»Hast du noch einen Moment Zeit?«, fragt der Trainer gegen Ende des Trainings.

Ich trotte in sein Büro und setze mich auf einen abgenutzten Holzstuhl. An der Wand hängen schwarz-weiße Bilder von Boxern wie George Foreman, Sugar Ray Leonard und natürlich Ali. Der Trainer hat uns schon längst erklärt, dass Ali der Größte war und immer der Größte sein wird.

Ich wische mir mit dem Arm den Schweiß ab und fange an, meine Boxhandschuhe auszuziehen. Der Trainer lehnt sich zurück und sieht mich forschend an.

»Ich wünschte, alle liebten einander so sehr, wie alle mich lieben. Dann wäre die Welt besser.«

Ich schaue den Trainer an.

»Das hat Ali gesagt. Du weißt, er hat auch gesagt, er wollte fliegen wie ein Schmetterling und stechen wie eine Biene.«

Das ist das Lieblingszitat des Trainers. Vor einem Kampf ist das offenbar immer das Letzte, was er zu seinen Boxern sagt.

»Dein Veilchen sieht besser aus.«

»Ja.«

»Du, ich hab mir etwas überlegt. Bist du ganz sicher, dass du boxen willst?«

»Ich komm doch jedes Mal zum Training.«

»Das schon. Und an deinem Einsatz ist auch nichts auszusetzen. Ich hab mich nur gefragt ... vielleicht würde ein anderer Sport besser zu dir passen?«

»Was denn zum Beispiel?«

»Da gibt es unendlich viele Möglichkeiten. Vielleicht Skispringen?«

»Skispringen?«

»Ja, du bist doch ziemlich dünn. Oder noch etwas anderes. Curling.«

Mama wäre gar nicht begeistert, wenn ich mit Skispringen oder Curling anfinge. Soll ich mich denn mit einem Curlingstein verteidigen? Sicher will der Trainer mir schonend beibringen, dass ich als Boxer die absolute Superkatastrophe bin. Aber ich kann nicht aufhören. Mama würde das nicht ertragen.

»Hat Mama den Vereinsbeitrag nicht bezahlt?«, frage ich.

»Doch, das hat sie. Natürlich.«

»Aber hat nicht Muhammed Ali gesagt, wer im Leben nichts wagt, wird auch nie etwas erreichen?«, frage ich.

»Äh, doch, ja, vielleicht hat er das«, antwortet der Trainer.

»Ich kann jetzt nicht aussteigen.«

»Das ist eine sehr gute Einstellung. Aber Boxen ist ein Sport, bei dem man zuschlagen muss.«

»Ja?«, frage ich und höre mich an, als ob ich nicht wüsste, worauf er hinauswill.

»Und du schlägst nicht.«

»Aber ich habe eine gute Abwehr.«

»Die ist gar nicht schlecht. Aber du musst ab und zu auch mal schlagen.«

»Was ist, wenn ... wenn ich bald damit anfange?«

»Das wäre natürlich ein Vorteil. Du willst also nicht lieber etwas anderes versuchen? Handball macht doch Spaß.«

»Boxen gefällt mir.«

»Das ist schön. Es ist ein feiner Sport. Ich freue mich sehr darüber, dass Boxen dir gefällt.«

Trainer sollen dich motivieren. Und dich nicht zu einem anderen Sport überreden wollen. Fast hätte ich das gesagt.

»Sehr schön. Schön, dass wir uns einig sind«, sage ich stattdessen.

»Und du fängst bald an zu schlagen?«

»Ja, es ist fast so weit.«

Ich verlasse sein Büro und gehe zum Umkleideraum. Klar weiß ich, dass er recht hat. Es sind sehr ungleiche Kämpfe, wenn der eine nicht zu schlagen versucht. Aber einmal hat der Trainer von einem Kampf zwischen Muhammed Ali und George Foreman irgendwo in Afrika erzählt. Ali machte Foreman müde, weil er die ganze Zeit herumtanzte und den Schlägen seines Gegners auswich. Als Foreman total erschöpft war, schlug Ali zu und warf ihn fast aus dem Ring.

Ich bin wohl noch nicht ganz so weit. Aber das schaffe ich schon.

Glaube ich.

Mama bleibt an diesem Abend zu Hause, und wir sehen uns auf TV Norge eine Dokumentation über die größte Frau der Welt an. Sie wohnt in China und liegt fast den ganzen Tag im Bett. So was heitert nicht gerade auf.

Als ich schlafen gehe, denke ich, dass es keine gute Idee war, Ada die Aufnahme zu geben. Sie hätte zumindest eine Abmachung unterschreiben müssen, dass niemand anderes das hören dürfte. Ich ärgere mich so über mich selbst, dass ich wach liege, bis Mama bei laufendem Fernseher einschläft. Nachdem ich den ausgeschaltet habe, liege ich da und höre dem Sägewerk in ihrem Mund zu. Irgendwo in mir wächst eine Unruhe heran. Als ob ich etwas getan hätte, dessen Reichweite ich unmöglich erkennen kann.

Ich kann nicht mehr an Sternschnuppen denken, die weder Flugzeuge noch UFOS sind, denn schon bin ich eingeschlafen.

MEIN VIERTES KAPITEL

Mama steht mit mir zusammen auf. Sie macht zum Frühstück Pfannkuchen. Das hat sie lange nicht mehr getan. Es macht nichts, dass wir keinen Zucker und keinen Sirup mehr haben. Denn wir haben Bacon. Es knackt beim Essen.

»Hier hast du zwanzig Kronen fürs Mittagessen«, sagt Mama und drückt mir die Münze in die Hand.

Ich habe ihr schon mehrmals erklärt, dass in der Schule kein Mittagessen verkauft wird und dass wir den Schulhof nicht verlassen dürfen. Aber es ist ja nett gemeint.

»Danke, das mache ich.«

In der Schule kommt Ada auf mich zu, noch ehe es geklingelt hat.

»Bist du das wirklich, der da singt?«

Eigentlich habe ich jetzt eine unerwartete Möglichkeit, um mich aus allem hinauszulügen. Zu sagen, dass ich alles aus dem Netz geholt habe. Mit dem Fuß auf dem Boden herumzuscharren und zuzugeben, dass ich sie beeindrucken wollte. Vielleicht alles mit einem Lachen abzutun und einfach nur zu fragen, ob sie wirklich geglaubt hat, ich wäre das.

Aber ihr Gesicht strahlt auf so eine seltsame Weise.

»Ja, das war … ich.«

»Du musst unbedingt beim Sommerfest auftreten.«

Ich habe schon damit gerechnet, dass sie das vorschlägt. Und ich habe mir Krankheiten und Entschuldigungen überlegt, die weitere Fragen verhindern. Aber ich bringe es nicht über mich, so etwas zu Ada zu sagen. Ich weiß nicht, ob »keine Lust« Grund genug ist, aber es ist die beste Halbwahrheit, die mir einfällt.

»Ich mag aber nicht.«

»Klar musst du das tun. Die anderen werden total beeindruckt sein.«

»Bitte, sag auch zu niemandem, dass ich keine Lust habe.«

»Kann ich dich denn wirklich nicht überreden?«, fragt sie mit einem Lächeln.

Für einen kleinen Augenblick scheint es verlockend, zu antworten: *Sicher doch, wo du fragst und mit so vielen Zähnen lächelst, werde ich es tun.* Aber das geht nicht. Es würde einen Skandal geben. Und Ada würde nie wieder mit mir reden. Ich schüttle den Kopf.

»'tschuldigung. Wär auch nett, wenn ich die CD zurückhaben könnte.«

»Ich möchte sie gern noch ein bisschen hören.«

»Du spielst sie wirklich keinem Menschen vor, ja?«

»Aber sie ist doch so schön. Na gut, dann tu ich das nicht.«

»Ich muss sie auch meiner Oma vorspielen, weißt du.«

Ich weiß nicht, ob das Letzte gelogen war. Vielleicht werde ich es tun, damit Oma begreift, dass ich mehr kann, als ihre Ohren zu beleidigen.

Wir bleiben auf dem Schulhof stehen. Warum klingelt es nicht? Das Niemandsland steht ein Stück weiter und schaut in meine Richtung. Ada winkt irgendwelchen Freundinnen zu, aber die kommen nicht zu uns herüber. Ist es denn wirklich so klug, dass sie hier mit mir zusammensteht?

»Singst du denn irgendwann mal für mich?«, fragt sie plötzlich.

»Klar, wenn du Lärmschutzkopfhörer hast.«

»Du bist witzig, Bart.«

»Komm lieber irgendwann mal mit zum Boxen.«

Ada findet auch das wahnsinnig komisch.

»Du boxt also. Klar doch. Kann ich mir lebhaft vorstellen.«

Ich habe absolut nicht vor, Ada davon zu überzeugen, dass ich boxe, ich wünschte nur, sie würde nicht ganz so lange lachen.

Sie erzählt jetzt, dass Lise aus unserer Klasse heimlich mit einem Boxer zusammen war. Ich soll das nicht weitersagen. Warum erzählt sie mir das? Danach sagt sie, dass Lise Jungs mit Muskeln mag. Auch das scheint offenbar ein Geheimnis zu sein.

Endlich klingelt es, und wir gehen zu unserem Klassenzimmer. Die Unruhe in meinem Bauch hat Feuer gefangen, und jemand wirft Papier und trockenes Holz darauf.

Ich könnte niemals auch nur annähernd beschreiben, was in dieser Stunde geschehen ist. Mein Gehirn war weit weggeflogen und kam erst zurück, als es zum Ende der Stunde klingelte. Meine Gedanken machen gern mal in der Schulstunde Ferien. Der Nachteil daran ist, dass die Hausaufgaben dann mühsamer sind.

In der nächsten Stunde soll für das Sommerfest geübt werden. Wer nicht mitmacht, hat Sport. Ich ziehe meine Turnschuhe an.

In der Pause, nach einigen Runden Hallenhockey und Völkerball, merke ich, dass etwas anders ist. Ich komme mir vor, als ob ich selbstleuchtend wäre oder einen fiesen Ausschlag hätte. Zwei von den coolen Jungs nicken mir zu wie einem alten Freund.

Etwas hat sich während dieser Sportstunde verändert, und mit meinen Leistungen beim Völkerball hat das nichts zu tun.

Ich entdecke Ada. Sie sieht geradezu unglücklich aus. Als ob sie etwas getan hat, was sie nicht hätte machen dürfen. Die Angst presst mir die Knochen zusammen.

Wir gehen ins Klassenzimmer, und als ich frage, wie die Probe für das Sommerfest war, antwortet sie, ohne mich anzusehen. »Gut.«

Ada hat lange dunkelblonde Haare und eine schnurgerade Nase. Ihre Augen sind so braun wie die Ledertasche unseres Klassenlehrers, und ihr Lächeln könnte Eis zum Schmelzen bringen. Aber ihr Lächeln ist jetzt gerade verdammt gut versteckt.

Unser Lehrer kommt herein und fängt sofort an, sich munter über das Sommerfest zu verbreiten. Es gibt gar keine Grenzen dafür, wie beeindruckt er von der A ist. Hier gibt es jede Menge angehende Superstars in vielen Kategorien.

»Es ist wirklich schön, dass sich so viele gemeldet haben«, lobt er uns und legt eine kleine Pause ein. »Ich möchte aber sagen, dass auch Bescheidenheit ein Zeichen für Qualität ist. Wir sind alle unsicher, ob unsere Begabung wirklich ausreicht. Aber wenn man ein Talent hat, dann lässt sich das eben nicht so einfach verstecken. Talent ist wie, ja, wie eine eigene Kraft. Früher oder später muss es heraus.«

Abermals legt er eine Pause ein. Mir geht auf, dass er mich ansieht. Der Blick erzählt mehr als all die vielen blöden Sätze.

»Bart«, sagt er jetzt. »Ich möchte, dass du auf dem Sommerfest singst.«

Alle starren mich an. Ich schaue zu Ada hinüber. Sie blickt auf die Tischplatte.

Ich kann verstehen, dass unser Klassenlehrer ein richtig gutes Programm will, damit er sich für das nächste halbe Jahr in der großen Pause im Lehrerzimmer im Lob suhlen kann. Auch die anderen wollen die B fertigmachen.

In solchen Momenten lassen sich Lügen einfach nicht vermeiden. Ich hätte mir eine Antwort überlegen sollen, die mir aus dem Mund kullert, ehe unser Klassenlehrer seine Frage beendet hat.

»Äh«, fange ich an und versuche, Wörter zu formulieren, die eigentlich keinen Sinn ergeben. »Äh, das geht nicht so ganz.«

Die Wahrheit ist, dass ich mir nicht eine Sekunde lang überlegt habe, was ich in einer solchen Notsituation sagen könnte. »Das geht nicht so ganz«? Was hab ich denn stattdessen vor? Zu einer Audienz zum König zu gehen?

Unser Lehrer schaut nachdenklich zur Decke hoch und redet weiter:

»Ich will … ich meine, wir möchten, dass du als Letzter bei unserem Programm auftrittst. Du singst wirklich … ja, ich bin beeindruckt, Bart.«

Ada betrachtet noch immer einen Fleck auf der Tischplatte. Es muss doch einen magischen Satz geben, der mich aus dieser Situation herausholt?

Ich denke so wütend nach, dass mein Schädel knackt.

Mein Gehirn sucht nach einem anderen Wort als »nein«. Dem Wort, das alles enthält, was ich jetzt eigentlich gern sagen würde, laut und klar und mit einem Ausrufezeichen.

»Ich kann das ... ja machen«, sage ich endlich.

»Wunderbar. Grandios, Bart. Jetzt bin ich aber wirklich froh.«

Die Frage ist, ob er noch immer wirklich froh sein wird, wenn ich meinen Auftritt hinter mich gebracht habe und ihm seine schöne Veranstaltung total versaut habe.

Unser Klassenlehrer redet noch ein bisschen darüber, wie zufrieden er mit der A ist. Die Schule wurde 1910 gegründet, und er ist erst vor drei Jahren hergekommen, trotzdem weiß er, dass das hier die beste Vorstellung in der ganzen Geschichte der Schule sein wird. Und besser als die B werden wir auf jeden Fall sein.

Schon komisch, aber ich bin nicht böse auf Ada, obwohl ich doch eigentlich stocksauer sein müsste. Eigentlich bin ich vor allem genervt von mir selbst, weil ich nicht wütend bin.

In der Pause kommen Leute zu mir, mit denen ich so gut wie niemals vorher geredet habe, wenn meine Erinnerung mich nicht täuscht.

»Der Egil hat allen in der Schule die Aufnahme vorgespielt«, erzählt August, einer von denen, die Bertram immer noch einmal mehr herumschubsen. »Du bist ja einfach saugut, Mann.«

Ich weiß nicht.

»Die B packen wir doch total zusammen.«

Warum muss alles immer ein Wettbewerb sein? Können wir nicht einfach unser Bestes geben und hoffen, dass es den anderen gefällt? Solche Fragen kann ich nur in meinem eigenen Kopf stellen. Wenn ich so was laut sage, kassiere ich vermutlich nur Prügel.

Natürlich kann ich auf dem Schulfest nicht singen. Aber man kann nicht einfach sagen, man sei krank oder habe die Stimme verloren. Möglicherweise reichen Entführung oder Krankenhaus. Aber sicher bin ich da nicht.

»Was glaubst du, wie die Antwort lautet, Bart?«, fragte unser Lehrer in der nächsten Stunde vorn an der Tafel.

»Äh«, fange ich an und weiß nicht mal, welches Fach gerade dran ist. »Ich hab eigentlich gerade vor allem ans Singen gedacht«, sage ich dann.

»Das ist gut so, Bart. Wirklich gut so. Mach nur weiter. Ich frag einfach jemand anderen.«

Klarer Fall von Eigentor.

Nach der letzten Stunde stürze ich als Erster aus dem Klassenzimmer.

MEIN FÜNFTES KAPITEL

Es knirscht unter meinen Füßen, als ich die Treppe hochsteige. Von dem Geräusch kriege ich eine Gänsehaut. Wenn ich etwas total Fieses und Verbotenes tun wollte, würde ich das an einem Ort machen, wo niemand mich sehen könnte. So denkt bloß niemand in unserem Haus. Deshalb knirscht es im Treppenhaus unter meinen Schuhsohlen. Aber ich steche mich nicht.

Ein etwas angesäuselter Typ kommt die Treppe herunter, und ich presse mich an die Wand, um einen Zusammenstoß zu vermeiden.

Ich schließe die Tür auf. Mama sitzt vor der Glotze.

»Da ist ja mein lieber Junge«, sagt sie und winkt mich zu sich.

Ich bekomme eine Umarmung, die die Luft aus mir herauspresst. Mama ist die liebste Frau, die ich kenne. Sie ist auch ganz schön stark. Und wenn ich das denke, werde ich froh.

»Ich muss Hausaufgaben machen«, sage ich.

»Aus dir wird etwas Großes. Da bin ich mir sicher.«

»Und wenn aus mir nichts Großes wird?«

»Aus dir wird etwas Großes. Das weiß ich einfach.«

Die Türklingel ertönt. Wir erwarten keinen Besuch.

»Geir«, ruft draußen eine Männerstimme. Es würde mich nicht wundern, wenn das der Typ wäre, der mir auf der Treppe begegnet ist. »Mach auf, verdammt noch mal!«

Weder Mama noch ich haben jemals Geir geheißen.

»Na los, Geir!«

»Hier ist kein Geir.«

Erst mal ist es still. Dann wird wieder an die Tür gehämmert.

»Was hast du mit dem Geir gemacht?«

Die Tür vibriert bedrohlich. Alle Wohnungstüren im Haus sehen genau gleich aus und sind nicht gerade solide. Nachts kommt es manchmal vor, dass jemand vor der Tür steht und nicht begreift, wieso der Schlüssel nicht ins Schloss passt. Genau genommen passiert das auch tagsüber ganz schön oft.

»Niemand hat etwas mit Geir gemacht. Er wohnt einfach nicht hier«, sagt Mama beruhigend.

»Geir! Du schuldest mir Kohle!«, ruft der Typ draußen und hämmert weiter.

Man braucht kein Gewichtheber zu sein, um die Tür einzuschlagen. Deshalb hilft es nichts, das Gehämmer im Klang des MP3-Players zu ertränken. Wir müssen den Typen dazu bringen, dass er aufgibt.

Ich gehe zur Tür und sage laut: »Geir ist tot.«

Er hört auf zu hämmern.

»Hä? Der Geir ist tot? Stell dir vor, ich hab auch schon gedacht, dass er vielleicht tot ist, wo ich ihn schon so lang nicht mehr gesehn hab. Total verrückt, echt, dass ich das gedacht hab. Tut mir leid, dass ich so rumgenervt hab. Bist du sein Sohn?«

»Äh, ja.«

»'tschuldigung, echt. Werd nicht mehr nerven. Traurig, das mit deinem Vater. Richtig todtraurig.«

Er redet noch eine Weile weiter. Aber seine Stimme wird leiser, und bald kann ich nur noch mit Mühe verstehen, was er sagt.

Ich habe keine Ahnung, wer Geir ist, und ich habe durchaus nicht vor, sein Sohn zu werden.

»Genial«, sagt Mama und fragt, ob ich einen Donut möchte.

Es stellt sich heraus, dass Mama im Laden war und Limo, Chips und ein Dutzend Donuts gekauft hat. Etwas zum Abendessen mitzubringen hat sie allerdings vergessen.

»Ich kann gern noch mal in den Laden gehen«, sage ich. »Wir können doch Würstchen oder Frikadellen essen, etwas Einfaches, meine ich? Vielleicht mit Kartoffeln?«

»Ja, tu das«, sagt Mama. »Sehr gute Idee, Bart.«

Sie schaut wieder auf den Fernseher, so eine Dokusoap in Wiederholung.

Ich will mir schon die Schuhe anziehen, erstarre aber, als ich die Schnürsenkel zubinden will.

»Du hast vielleicht kein Geld?«

Mama sieht mich an. Sie hat Zuckerguss um den Mund.

»Ich bekomme bald welches. Sehr bald. Dann kriegst du Taschengeld.«

»Das ist schon in Ordnung. Ich kann ja einen Donut essen.«

Ich ziehe die Schuhe wieder aus und setze mich an die Hausaufgaben, und dabei esse ich einen Donut mit rosa Zuckerguss.

Der bloße Gedanke daran, vor den ernsten Gesichtern und auf der großen Bühne zu stehen, lässt alle Töne umkippen, obwohl ich mich auf dem Klo eingeschlossen habe.

»Geht's gut?«, fragt Mama besorgt, als ich herauskomme.

»Hatte nur einen Frosch im Hals.«

»Frosch im Hals ist scheußlich.«

»Ich krieg ihn sicher bald raus.«

»Meistens klappt das ja. Hast du noch Hunger?«

Ein einsamer Donut mit weißem Guss ist noch da. Mein Magen schreit Nein, aber Mama hält ihn mir hin, und ich will nicht, dass sie noch weiter fragt, ob etwas nicht stimmt.

»Danke. Das sieht lecker aus.«

In diesem Moment wird geklingelt. Ich hatte Mama mal vorgeschlagen, die Wohnungstür gelb anzustreichen, damit sich niemand mehr in der Tür irrt. Aber sie hat Angst, dass wir dann gekündigt werden.

Vermutlich ist es Geirs Kumpel, der vergessen hat, dass Geir tot ist. Es klingelt zum zweiten Mal. Mama und ich tun so, als ob wir das nicht hören. Der Donut liegt mir im Mund wie aufquellender Zuckerteig.

»Hier ist Ada«, sagt eine Stimme vor der Tür.

Ich glaube, es gibt im Leben noch größere Schocks. Aber im Moment wüsste ich nicht, wie das möglich sein sollte. Ich bin total fertig und gebe sofort jeglichen Versuch auf, mich zusammenzureißen.

»Bart? Bist du da?«, fragt Ada.

»Ist das eine, die du kennst?«, flüstert Mama.

»Nein«, sage ich.

»Aber sie weiß doch deinen Namen.«

»Ich meine ... ja, aber ...«

»Bart, kannst du nicht aufmachen?«, fragt Ada mit lauter Stimme.

»Ich glaube, du musst sie reinlassen«, sagt Mama.

»Sie geht sicher von selbst wieder.«

Ich schaue zur Tür hinüber. Dahinter steht Ada. Sie ist die Treppen hochgestiegen und durch den Flur gegangen. Unter ihren Füßen hat es geknirscht. Sie hat nach unten geschaut und gesehen, dass es Spritzen und anderer Müll sind. Vielleicht ist sie einem Nachbarn begegnet. Einem, der die Treppenstufen nicht trifft oder mit Schlagseite durch den Gang schlingert. Vielleicht hat einer mit Knick in den Knien und den winzigsten Pupillen unten bei den Briefkästen gestanden.

Es ist eigentlich total in Ordnung, in einer Sozialwohnung zu wohnen, solange niemand in der Schule davon weiß. Aber jetzt, jetzt ist es bekannt. Die redselige Ada steht vor meiner Tür. Was will sie hier?

»Wer ist das?«, flüstert Mama.

»Niemand.«

»Das kann ja wohl nicht sein, wenn sie doch deinen Namen weiß.«

»Sie geht in meine Klasse.«

»Das ist eine aus deiner Klasse? Und sie kommt hierher?«

»Vielleicht geht sie bald.«

»Ich kann euch flüstern hören«, teilt uns Ada mit.

Mama steht auf und öffnet die Tür.

»Hallo, ich bin Barts Mama«, sagt sie und reicht Ada die Hand. »Linda. Komm doch einfach rein.«

Ich sehe, wie Ada Mama ansieht, während Mama die Aussicht auf die restliche Wohnung versperrt. Mama geht zur Seite, und Ada tritt vorsichtig ein. Vermutlich hätte ich die Wohnung schon längst beschreiben sollen. Aber das hat sich irgendwie nicht so ergeben. Wir wohnen nicht in so einer Wohnung, die die Immobilienmakler als luxuriös bezeichnen. Mama und ich wohnen in einem Zimmer. Ich schlafe auf einem Schlafsofa und Mama auf einem normalen Sofa. Auf dem Boden liegen Zeitschriftenstapel und allerlei Kram, und man kann nur mitten im Zimmer ein bisschen vom Linoleum erahnen. Wir haben ein Bücherregal mit allem, nur nicht mit Büchern, und einen Kühlschrank, der etwas zu warm ist. Die eine Wand ist hellgelb, die andere weiß, und sie hat helle Flecken von Bildern, die vor langer Zeit dort gehangen haben. Die Wohnung braucht Vorhänge, aber es gibt so viel anderes, wofür wir Geld ausgeben können. Wir haben eine Liste, die wir verkramt haben. Die war ganz schön lang.

Hier wohnen Mama und ich. Wir hatten noch nie Besuch von jemandem aus meiner Klasse. Jetzt steht Ada mitten im Zimmer, und die Wohnung kommt mir kleiner und enger vor als je zuvor. Mama nimmt ihr Bettzeug vom Sofa.

»Setzt euch. Ich geh eben einkaufen«, sagt sie.

»Aber du hast doch kein …«, setze ich an und halte dann ganz schnell den Mund.

»Das geht schon«, sagt sie. »Mach ein bisschen Saft oder so, Bart.«

Ich nicke. Den Saft habe ich gestern ausgetrunken.

Weder Ada noch ich sagen etwas, ehe Mama die Wohnung verlassen hat. Ich versuche, Ada anzulächeln, aber ich weiß nicht, ob mir das gelingt.

»Deine Mutter ist …«

»Weiß ich«, falle ich ihr ins Wort.

Egal, was sie sagen wollte, ich will es nicht hören. Ein Fettsack. Eine Speckwurst. Dick wie eine Tonne. Überaus übergewichtig. Totaler Hängearsch. Man kann das nicht auf eine nette Weise sagen. Denn sie ist nicht »ein wenig vollschlank« oder »kräftig gebaut«. Sie ist viel mehr.

»Sie ist … nett«, sagt Ada.

»Ach ja. Das ist sie … wohl. Wie hast du mich gefunden?«

»Ich hab mir in der Schule deine Adresse geben lassen.«

»Du hättest nicht herkommen dürfen«, rutscht es mir heraus.

»Es tut mir so leid, was da passiert ist. Lise hatte gesehen, wie du mir den Umschlag gegeben hast, und wollte wissen, was das war. Und ich wollt doch nur, dass unser Programm so richtig gut wird, und der Egil war total scharf darauf. Ich habe irgendwie gedacht, du wolltest eben doch, dass ich das tue. Warum hast du mir eigentlich die Aufnahme gegeben?«

Warum muss sie nach Dingen fragen, die sich unmöglich erklären lassen?

»Ich weiß nicht.«

»Jedenfalls, ich wollte nur sagen … Entschuldigung.«

»Ist schon gut. Oder, das ist es ja nicht. Aber es ist schön, dass du Entschuldigung gesagt hast.«

»Warum willst du nicht, dass andere das hören?«

Ich hole tief Luft.

»Ich kann nicht vor anderen singen. Vor dir auch nicht. Ich schaffe es gerade noch, wenn ich mich auf dem Klo einschließe. Deshalb musste ich ja auch die Aufnahme für dich machen – damit du mich hören kannst.«

»Weil du so nervös wirst? Hast du Lampenfieber oder so?«

»Ja ... oder ich weiß nicht so ganz. Alles krampft sich einfach zusammen. Möchtest du ein bisschen Saft?«

»Okay.«

Ich hatte total vergessen, dass wir keinen Saft mehr haben.

»Wir haben übrigens sehr gutes Wasser.«

»Wasser ist auch gut.«

Ich kann kein sauberes Glas finden, deshalb muss ich eins abwaschen, ehe ich es unter dem Hahn mit Wasser fülle.

»Bitte sehr«, sage ich und reiche es Ada. »Tut mir leid, dass es hier so chaotisch ist.«

»Das macht nichts«, sagt sie und trinkt. »Willst du keins?«

Wenn ich noch ein Glas spüle, fällt bloß auf, wie selten wir abwaschen, deshalb schüttele ich den Kopf. Es ist nicht so, als ob wir nie spülen würden, aber wir tun das eben nicht jeden Tag.

»Das ist gutes ... Wasser.«

Ich suche nach etwas, nach den richtigen Worten, um das alles weniger peinlich zu machen. Aber vielleicht gibt es solche Worte nicht?

»Wohnst du schon lange hier?«, fragt sie.

Nichts wird durch solche Fragen besser. Es ist, als ob sie eigentlich wissen will, ob wir schon lange kein Geld mehr haben oder ob es erst in letzter Zeit so gekommen ist.

»Wir hoffen, dass wir bald umziehen können.«

Ich lüge nicht. Denn ich sage ja nicht, dass wir umziehen *werden*. Ich sage nur, dass wir das *hoffen*. Jedenfalls hoffe ich das. Jeden Tag hoffe ich das. Wenn ich mitten in der Nacht vom Krach geweckt werde, dann hoffe ich es extrem. Wenn ich in der Schule fast einen Kumpel finde, dann hoffe ich es so sehr, dass ich Bauchweh davon bekomme. Aber manchmal glaube ich sogar, dass Mama es noch mehr hofft als ich.

»Das wird sicher schön. Umzuziehen, meine ich«, sagt Ada. »Auch, wenn es hier schön ist. Jedenfalls nicht so schlimm wie draußen im Treppenhaus.«

»Danke.«

Wie kann man eigentlich einem wie mir ein Kompliment machen? Bei uns in der Wohnung ist es nicht so dreckig wie auf dem Gang. Das stimmt ja auch.

»Ich hab die CD mitgebracht«, sagt sie und zieht sie aus der Jackentasche hervor.

Ich lege sie schnell auf den Tisch, so als ob ich mir nicht die Hände daran schmutzig machen will. Ada passt nicht hierher. Alles an ihr ist hier falsch. Und ich passe auch nicht hierher. Ich hoffe, dass sie bald ihr Glas austrinkt und geht. Ehe sie verschwindet, bitte ich sie, mir eins zu versprechen: »Du sagst das doch nicht den anderen?«

»Was denn?«

»Das … hier.«

»Wie du wohnst? Natürlich nicht. Ich werd nicht mal sagen, dass ich hier war. Warum sollte ich das?«

Nein, warum sollte sie das? Es wäre ja dasselbe, wie zuzugeben, dass sie sich mit Leuten aus Slumblocks trifft. Dennoch würde ich gern erwähnen, dass sie vielleicht nicht die beste Geheimnisträgerin auf der Welt ist. Man könnte ja schon irgendwie auf die Idee kommen, dass sie eine lecke Stelle hat.

»Was machst du jetzt mit dem Schulfest?«, fragt Ada und reißt mich aus meinen Gedanken.

»Meinst du, Play-back könnte gehen?«

»Du würdest sicher durchschaut werden.«

»Vielleicht wandere ich doch besser nach Südamerika aus.«

Ada lacht kurz auf, aber dann entdeckt sie etwas im ganzen Chaos.

»Ist das …?«

Ich versuche, ihrem Blick zu folgen.

»Du hast also die Wahrheit gesagt?«, fragt sie dann. »Du boxt?«

»Ja«, sage ich und füge hinzu: »Aber vor allem stecke ich Prügel ein. Ich hab noch nicht angefangen zu schlagen.«

Jetzt lacht sie doch tatsächlich schon wieder.

Und nun schaut sie sich im Zimmer um, als suche sie nach weiteren Überraschungen. Sie könnte sagen, dass wir sehr viel auf sehr wenig Raum haben. Oder fragen, ob die Türme aus Zeitungen und Zeitschriften manchmal einstürzen. Oder fragen, ob ich weiß, was ganz unten liegt. Ich weiß nicht, wie man über so eine Wohnung plaudert. Aber jedenfalls bin ich froh, weil sie keine weiteren Fragen stellt.

»Ich muss jetzt vielleicht gehen«, sagt sie.

Das Seltsame ist, dass sie nicht aufsteht. Als ob sie darauf wartet, dass ich etwas unternehme. Ich sehe mich in der Wohnung um und überlege, was es wohl für ein Gefühl ist, dieses Chaos zum ersten Mal zu sehen. Ich bin so daran gewöhnt, dass die ganze Unordnung für mich irgendwie gar nicht existiert.

»Muhammed Ali hieß eigentlich Cassius Clay, aber er hat seinen Namen geändert, als er Muslim wurde«, sage ich.

»Ist das ein Freund von dir?«

»Nein, das ist ein bekannter Boxer. Also, er hat vor sehr vielen Jahren geboxt. Er kommt aus den USA.«

»Ach so. Erzähl mir mehr von ihm!«

Und so erzähle ich mehr. Obwohl ich ziemlich sicher bin, dass Ada sich nicht besonders für Boxen interessiert. Es stellt sich heraus, dass ich ganz schön viel über Muhammed Ali weiß, denn die Geschichten strömen nur so aus mir heraus. Zum Beispiel, dass er »The Greatest« genannt wird und legendäre Titelkämpfe im Schwergewicht gegen Joe Frazier und George Foreman ausgefochten hat. Er konnte sich über seine Gegner in Reimen äußern, und ich weiß sogar noch einige Zitate von ihm. Ada sieht interessiert aus, sogar, als ich von einer Technik erzähle, die er »rope-a-dope« genannt hat, und dass er sich geweigert hat, in einem Krieg zu kämpfen: in Vietnam, einem Land, das wir in der Schule durchgenommen haben.

Als ich eine Pause einlegen muss, fängt Ada plötzlich an, vom Tanzen zu erzählen und davon, dass sie Locking-, Jazz- und Musicalstunden nimmt. Sie beschreibt das Training auf eine Weise, die mich ein bisschen an unser Boxtraining erinnert. Aber klar, sie schlagen nicht aufeinander ein und kommen auch nicht mit Veilchen nach Hause.

Wir reden und reden auf einmal, und plötzlich kommt Mama auch schon wieder zurück, völlig außer Atem und mit zwei riesigen Einkaufstüten beladen. Ich weiß nicht, woher sie das Geld genommen hat.

»Hast du vielleicht Lust, zum Essen zu bleiben?«, fragt Mama. »Es gibt Frikadellen.«

Ada zögert.

»Ich kann anrufen und fragen«, sagt sie dann. »Darf ich auf den Gang gehen?«

»Natürlich.«

Ich weiß, warum sie auf den Gang gehen will. Sie will lügen. Ihren Eltern sagen, dass sie ganz woanders ist als bei dem komischen Bart und seiner fetten Mutter in einer verdreckten Sozialwohnung. Das ist wirklich nicht so schwer zu verstehen.

Ada darf bei ihrer Freundin essen, oder was immer sie ihren Eltern erzählt hat. Mama fängt an, den Wohnzimmertisch abzuräumen, den einzigen Tisch, den wir haben, und der eigentlich zu niedrig zum Essen ist.

»Wie nett, Besuch zu haben«, sagt Mama.

Ada lächelt.

Beim Essen habe ich die ganze Zeit Angst, Mama könnte über die Stütze und den Supermarkt reden. Oder irgendwelche Lügen über ihren Job bei der Telenor erzählen. Aber Mama stellt nur ein paar normale Fragen und hält ansonsten den Mund. Die Frikadellen schmecken sogar gut, auch wenn sie nicht selbst gemacht sind. Das Gespräch holpert so dahin, aber es ist jedenfalls nicht die ganze Zeit still.

»Das hat sehr gut geschmeckt«, sagt Ada nach dem Essen.

»Schön, dass du das findest«, sagt Mama.

Ich glaube, Mamas sollen so etwas sagen. Nachdem Ada sich für das Essen bedankt hat, senkt sich die Stille über den Couchtisch. Mama lächelt und reibt sich die Oberschenkel. Ich kann Ada ja leider nicht bitten, mit in mein Zimmer zu kommen. Und Mama kann sich höchstens aufs Klo zurückziehen, und so ist alles ein bisschen komisch.

»Ich muss jetzt mal nach Hause«, sagt Ada plötzlich.

»Ja, und ich muss Hausaufgaben machen«, sage ich.

»Es war nett, dass du zu Besuch warst«, fügt Mama hinzu.

»Dann bis morgen, Bart.«

»Ja, bis morgen.«

Sie steht auf. Ich möchte gern etwas sagen, worüber sie lachen muss, während sie hinausgeht. Die Leute denken, dass sie sich gut unterhalten haben, wenn sie als Letztes lachen.

»Kennst du den über den Elektriker aus Strömstad?«, frage ich.

»Welchen Elektriker?«

»Den aus Strömstad.«

»Ist das ein Schwede?«

»Er ist doch aus Strömstad.«

»Nein, von dem weiß ich nichts.«

Wenn man als Letztes etwas Blödes sagt, erinnert man sich nur noch daran, wie idiotisch der Besuch war. Irgendwer dreht meine Schädeltemperatur voll auf.

»Mach's gut, Linda«, sagt Ada im Gehen.

Mama winkt ihr vom Sofa her kurz zu.

»Du kannst gern wieder vorbeischauen«, sagt Mama.

Ich bringe Ada ins Treppenhaus.

»Du darfst nicht wieder vorbeikommen«, sage ich leise.

»Deine Mutter gefällt mir.«

Wir begegnen im Treppenhaus niemandem. Ada umarmt mich, und meine Wange wird noch heißer, und ich vergesse, Auf Wiedersehen zu sagen. Oder vielleicht habe ich es gesagt. Einen kleinen Moment habe ich das Gefühl, dass das alles gar nicht passiert ist. Dass ich in meiner eigenen kleinen Fantasieblase lebe. In der Mädchen aus meiner Klasse so einfach zu Besuch kommen.

Ich folge ihr auf eine gewisse Entfernung, für den Fall, dass sie auf dem Weg nach draußen überfallen wird. Die Zustände bei den Briefkästen reißen mich zurück in die Wirklichkeit. Auf dem Boden liegt Reklame mit Fußspuren.

Vor der Wand sehe ich die Überreste von zwei verdreckten Spritzen. Auf der Treppe liegen ein Grillhandschuh und Teile von einem Campinghocker. Ich staune nicht mehr darüber, was die Leute alles in den Gang werfen.

Und dann fällt mir das eklige Papier unter Omas Schuh ein. Ich denke daran, wie sie sich versprochen hat. *Das hätte sie sicher aus dem Treppenhaus mitgebracht.* Und dann hat sie sich schnell korrigiert und behauptet, es müsse von der Straße sein. Ich denke daran, dass Ada gesagt hat, unsere Wohnung sehe besser aus als der Gang. Was ist das denn für ein Vergleich? Ich gehe nach oben und schnappe mir ein leeres Blatt Papier. Während ich schreibe, kommt Mama zu mir und bleibt hinter mir stehen.

»Tut mir leid«, sagt sie.

»Was denn?«

»Dass wir hier wohnen und dass … dass es vielleicht nicht so angenehm ist, Besuch zu kriegen.«

»Sie sagt es nicht weiter.«

Mama streichelt ein bisschen meinen Rücken, während sie liest, was ich gerade geschrieben habe.

Wollen Sie im Müll wohnen? Ich wohne im zweiten Stock und ich bitte alle, am Sonntag um 17 Uhr mitanzupacken. Das ist mein Geburtstag. Ich werde dreizehn. Bart.

»Vielleicht hilft das ein bisschen«, sage ich.

»Das ist schön. Sehr schön. Aber Bart …«

Ich schaue zu Mama hoch.

»Was denn?«, frage ich.

»Wenn wir woanders wohnten, dann würden die Leute sicher mithelfen. Aber … ich fürchte, die hier im Haus …«

»Ein Versuch kann ja wohl nicht schaden«, unterbreche ich sie. »Machst du mit?«

Mama streichelt noch immer meinen Rücken.

»Du weißt, was der Arzt sagt.«

»Ja, das weiß ich doch.«

MEIN SECHSTES KAPITEL

Später an diesem Abend geht Mama aus. Sie verspricht, früh wieder zu Hause zu sein.

Ich habe im Treppenhaus zwei Plakate aufgehängt. Nach den Hausaufgaben singe ich ein bisschen. Jemand klopft an die Wand, und das gefällt mir. Jemand hat mich gehört.

Mama ist noch nicht wieder da, als ich schlafen gehe. Ich liege wach und denke an Ada. Oder genauer gesagt: Ich denke daran, was Ada jetzt denkt. Kein Wunder, dass ich nicht schlafen kann.

Ich bin aber wohl doch irgendwann eingeschlafen, denn ich war gerade mitten in einem Traum von Ada, zwei Tigern und einer Sternschnuppe, als ich die Augen aufmache und Mama auf meiner Bettkante sitzen sehe.

»Ach, hallo«, murmele ich.

»Ich habe mich entschieden«, sagt Mama.

»Schön«, sage ich und ziehe die Decke weiter hoch.

»Wir werden umziehen, mein Junge.«

»Schön ...«

»Mein lieber, lieber Junge. Du hast es verdient, in einem normalen Haus mit normalen Nachbarn zu wohnen.«

»Können wir morgen darüber reden?«

»Ich will nur, dass du weißt, dass ich ... ja, ich habe mich entschieden, mein kleiner Liebling. Soll ich dir etwas vorsingen? Ein Schlaflied?«

»Nicht jetzt.«

»Du bist so lieb, Bart. Das wollte ich nur sagen. Du musst das einfach begreifen. Mein Liebling. Du bedeutest alles für mich.«

»Schön.«

»Du bist so …«

Mama hat den Schluckauf. Sie dreht sich um, zielt auf das Sofa und trifft.

Ich denke nicht mehr an Ada. Mit einem halben Auge sehe ich zu Mama hinüber, die schon das Sägewerk in Betrieb genommen hat. Manchmal frage ich mich, wie es wohl wäre, ein eigenes Zimmer zu haben. Ich würde mir Muhammed Ali und Bryn Terfel an die Wand hängen. Ich hätte einen kleinen Schreibtisch und eine Leselampe über dem Bett. Und ein Schlüssel für die Zimmertür wäre auch gut.

Am Morgen hätte ich fast den Wecker überhört. Mama hat noch alle Klamotten an und schläft mit offenem Mund.

Wir haben Brot, Käse und Milch. Meine Proviantdose ist so voll, dass ich sie fast nicht schließen kann.

Auf dem Gang finde ich meinen Aushang auf dem Boden. Zusammengeknüllt. Ich gehe wieder in die Wohnung und hole Klebeband. Dann streiche ich das Blatt auf meinem Oberschenkel glatt und hänge es wieder auf. Ganz unten schreibe ich: Bitte hängen lassen.

Am Schultor wartet schon Ada auf mich.

»Komm!«

Sie bittet nicht, sie befiehlt. Ich folge ihr durch den Gang und in den Keller. Hier liegen Werk- und Musiksaal und die Umkleideräume für den Sport. Sie öffnet die Tür zu einer der kleinen Toiletten am Ende des Gangs und zieht mich hinein. Ich knalle mit dem Rücken gegen das Waschbecken. Sie schließt hinter uns die Tür ab. Wir stehen so dicht beieinander, dass ich nur sie rieche. Ich sauge Ada durch meine Nasenlöcher ein und bin sicher, dass sie heute Honigmelone gegessen hat. Gestern hat sie anders gerochen. Wir stehen zu dicht beieinander. Ich halte den Atem an und versuche, den Anflug von Klaustrophobie zu verdrängen. Was ist hier eigentlich los?

»Sing mir was vor«, sagt sie.

»Ich kann hier drinnen doch nicht singen.«

»Ich will hören, wie das klingt.«

»Warum denn?«

»Versuch es einfach.«

Ich müsste jetzt einfach weglaufen. Sie verlassen, mit dem Kommentar, dass ich hier nicht rumstehen und den Blödmann spielen will. Aber schließlich ist es Ada, die mich bittet. Sie tut es nicht, um mich auszulachen. Das glaube ich jedenfalls nicht.

Ich schließe die Augen. Versuche, mir vorzustellen, dass ich zu Hause auf dem Klo bin. Sehe den Duschvorhang vor mir, das Medizinschränkchen und den Spiegel, der für mich viel zu hoch hängt. Mein Mund ist eine Dürrekatastrophe, und mein Hals amüsiert sich mit einer Art Selbsterwürgung. Ich straffe die Bauchmuskeln, hole tief Luft und singe, dass meine Gehörgänge einstürzen. Es ist schrecklich. So furchtbar, wie es klingen wird, wenn ich beim Sommerfest auf die Bühne hinausgehe.

Als ich gerade aufhören will, nimmt Ada meine Hand. Sie schiebt einfach vorsichtig ihre Finger zwischen meine.

Sie hat eine warme Hand. Ich mache die Augen nicht auf. Stattdessen singe ich weiter, und plötzlich passiert etwas, das ich einfach nicht erklären kann. Die Töne verlassen die grausame Wüste und sind auf einmal klar wie Gletscherwasser. Und je mehr ich singe, desto besser klingt es.

Ich singe für Ada. Auf einem verdreckten Schulklo. Und es klingt gut. Nicht fantastisch, aber einwandfrei gut genug für das Sommerfest.

Ich höre plötzlich auf und öffne die Augen.

»Du singst wirklich wunderbar.«

»So war das nicht gemeint.«

»Wirklich nicht?«

»Ich meine … das war es schon.«

Wir sehen unsere Hände an, die miteinander verflochten sind. Ich lasse sie los, wie nach einem elektrischen Stoß.

»Ich weiß nicht, was passiert ist«, sage ich.

»Ich glaube, du kannst das schaffen.«

Wir stehen dicht beieinander. Zu dicht. Und plötzlich fällt mir das Atmen schwer. Ich knalle wieder mit dem Rücken gegen das Waschbecken.

»'tschuldigung, aber wir können doch auf der Bühne nicht Händchen halten.«

Ich schließe die Klotür auf und gehe auf die Treppe zu.

»Warte, Bart. Ich muss dir etwas erzählen.«

»Gleich, ich muss nur schnell …«

Auf dem Schulhof gibt es Luft und Platz und Menschen. Ich stelle mich an den Rand und hole tief Atem. Es ist also wirklich möglich. Ein anderer lebender Mensch war dabei, als ich klar gesungen habe, und nicht nur das. Sie stand sogar ganz dicht neben mir. Sind denn magische Hände nötig, oder kann es auch gehen, ohne dass ich mich an jemandem festhalte? Ehe ich noch weiter überlegt habe, kommt August zu mir herüber.

»Was geht denn ab?«

Ich nicke kurz zur Begrüßung. Weiß er, dass ich mit Ada auf dem Klo war?

»Stimmt das, was die anderen sagen, oder was?«

»Was soll stimmen?«, frage ich und begreife nicht, wovon er da redet.

Zwei andere Jungen lümmeln ein Stück weiter herum und schauen uns an. Augusts Augenbrauen heben sich ein wenig. Egal, was es auch sein mag, jetzt kommt es.

»Dass du in einem Slumblock wohnst und dass deine Mutter zweihundert Kilo wiegt.«

Mein Körper scheint sich mit Zement zu füllen.

»Nein«, sage ich mit harter Stimme. »Das stimmt nicht.«

»Wie viel wiegt sie denn?«

»So an die sechzig Kilo.«

Und als ich das sage, bin ich sicher, dass es stimmt. Nur deswegen kann ich es so herausbringen, dass es überzeugend genug klingt.

»Ach was?«

Kein Mensch weiß, wie viel seine Mutter wiegt. Vor allem nicht, wenn es eine Mickermama von sechzig Kilo ist. Trotzdem nickt August. Ein Teil von mir hofft, dass das alles war. Dass er kapiert, dass Ada gemeine Lügen verbreitet und dass er die ja nicht weitertragen darf. Dass Ada das nur in einem dummen, schwachen Augenblick zu August gesagt hat. Dass es ein Missverständnis ist und sich erklären lässt. Dass die Jungs dahinten gar nichts mitgekriegt haben. Dass ich vielleicht eine gertenschlanke Dame anheuern kann, die dann behauptet, meine Mutter zu sein, und dass wir in einem ganz normalen Block wohnen, wo alle einmal die Woche die Treppe putzen.

Ein anderer Teil von mir weiß, dass das hier nur der Anfang war.

»Ich finde, du riechst ein bisschen nach Schimmel«, sagt August und geht.

Gleich darauf kommt Marita mit besorgtem Gesicht und will wissen, ob es so schlimm ist, wie alle behaupten.

»Kann ich mir wirklich nicht vorstellen«, sage ich.

»Wohnst du in so einer … Sozialwohnung?«

»Wenn fünf Zimmer mit Balkon und drei Kaminen als Sozialwohnung bezeichnet werden können, dann ja«, erkläre ich.

»Drei Kamine?«

»Der eine ist ein Kachelofen.«

Zwei andere stellen dieselbe Frage, noch ehe wir unser Klassenzimmer erreicht haben. Ich kann Ada nirgendwo entdecken. Wo sie wohl steckt? Die Stunde fängt an, und Adas Platz bleibt leer. Vielleicht hat sie Angst? Keine will einen zum Feind haben, der Massenmörder sammelt. Und jetzt gibt es keinen Zweifel mehr: Ada kann kein Geheimnis für sich behalten.

Mein Kopf läuft über von einer unvorstellbaren Menge an Gedanken. Eigentlich will ich doch, dass Mama mit all ihren Kilos zum Sommerfest und zu anderen Veranstaltungen in der Schule kommt. Ich brauche überhaupt nicht in einer Fünfzimmerwohnung mit zwei Kaminen und einem Kachelofen zu wohnen. Aber jeder Tag ist wie ein Seiltanz. Es sind nicht viele Windstöße nötig, und schon muss ich mit Bertram den Platz tauschen. Eine Sumoringerin zur Mutter und eine Wohnung im Ghetto – das Einzige, was das noch übertreffen kann, ist, auf dem Sommerfest so zu singen, dass den Leuten das Kinn auf den Boden knallt.

Unser Klassenlehrer teilt uns mit, dass in der letzten Stunde Üben für alle angesetzt ist. Wer will, kann auch in den Pausen in die Aula gehen.

Ich versuche wirklich, in der nächsten Schulstunde aufzupassen. Es geht um Norwegisch – immerhin meine eigene Sprache, also müsste ich darüber eigentlich mehr wissen. Aber heute lerne ich nichts. Als es klingelt, bleibe ich sitzen, bis unser Lehrer mich nach draußen schickt.

»Ich freu mich darauf, dich nachher zu hören«, sagt er, als ich an ihm vorübergehe.

Auf dem Schulhof ist nicht nur von mir die Rede. Die anderen unterhalten sich nämlich über eine Sensation. Bertram hat in der Aula gerappt und ist offenbar genauso gut wie Snoop Dogg. Sein Künstlername ist Vümpfer, eine Art norwegische Variante von 50 Cent, dem Gangsta-Rapper.

Ich schaue mich um. Bertram treibt sich nicht mehr am Rand des Schulhofes herum. Er steht dicht bei uns. Als ob er in unseren Kreis hineinwollte, aber dann müsste jemand anderes raus.

Zugleich behaupten Gerüchte, die B habe einen Tanz eingeübt, bei dem das Publikum einen Herzschlag kriegen wird.

Vor Kurzem habe ich im Fernsehen einen Film über die Französische Revolution gesehen. Ich wusste danach wirklich, was es für ein Gefühl ist, den Kopf auf der Guillotine unter das Fallbeil zu legen. Ein riesiges scharfes Beil, das zu meinem Hals unterwegs ist, und dann steckt mein Kopf am äußersten Rand des Schulhofs auf einem Zaunpfahl.

An diesem Tag habe ich von Stunde zu Stunde größere

Probleme damit zuzuhören. Es ist so, als ob ich nicht richtig eingestellt wäre. *Es wird sich alles finden*, habe ich immer gedacht. Schon mal solchen Scheiß gehört?

Vermutlich nicht.

Ich stehe auf einer Bühne. Das ist wirklich wahr. Obwohl es nur die alte, zerkratzte Bühne in der Aula ist. Es ist die letzte Stunde, und wir sollen für das Sommerfest üben, und ich weiß, ich müsste überall und sonst wo sein, aber nicht hier. Dennoch stehe ich mitten auf der Bühne und schlucke Luft.

Der Lehrer lächelt mich an und stellt eine Frage, die ich nicht verstehe. Ada ist an diesem Tag nicht mehr aufgetaucht. Die anderen starren mich erwartungsvoll an. Es spielt keine Rolle, dass Mama eine Tonne ist und ich in einem verkommenen Wohnblock hause, wenn ich nur ganz fantastisch singe.

»Ich schlage vor, du singst dasselbe Stück wie auf der Aufnahme.«

»Was?«

»Das von Mozart.«

»Woher wissen Sie das?«

»Weil ich klassische Musik mag. Ich habe die Musik heruntergeladen.«

»Ich muss erst meine Stimme aufwärmen.«

»Ja, das musst du vielleicht.«

»Ich gehe erst mal in die Garderobe.«

»Na gut, dann nehmen wir so lange etwas anderes.«

Ich gehe in die Garderobe, über den Gang und dann ins Sekretariat. Dort bitte ich die Schulsekretärin um eine Adresse und bekomme einen gelben Klebezettel mit der Straße und Hausnummer. Danach laufe ich aus der Tür, die von der Aula am weitesten weg ist, nach draußen, und blicke nicht zurück.

Ich habe mir das noch nie überlegt. Aber die Gegend um unsere Schule hat sehr unterschiedliche Ecken: alte Mietskasernen, einige neue Blocks und ein elegantes Viertel mit Villen und kleinen Häusern. Ich habe gehört, dass hier Leute mit Geld und Leute ohne Geld wohnen. Es gibt in der Stadt nicht viele solche Viertel. Und als ich vor Adas Haus stehe, sehe ich, dass das mit den Unterschieden wirklich stimmt.

Ich muss die Hausnummer noch einmal überprüfen und den Namen auf dem Briefkasten vergleichen. Ada wohnt nicht in einem Schloss. Aber es würde mich nicht wundern, wenn mir die Tür von einem Butler in Uniform geöffnet würde. Die Frau, die aufmacht, sieht jedoch eher aus wie eine ziemlich müde Mama mit teurem Schmuck.

»Ist Ada zu Hause?«, frage ich.

»Das schon. Ich glaube aber, ich habe dich hier noch nie gesehen.«

»Ich war auch noch nie hier. Wir gehen in dieselbe Klasse.«

»Bist du … heißt du …«

»Bart.«

»Ja, ich habe von dir gehört. Ada hat bei euch gegessen.«

Hat Ada jetzt *allen* von Mama und mir erzählt, oder wie?

»Kann ich mit ihr sprechen?«

»Geh einfach zu ihrem Zimmer. Durch den Flur und die vierte Tür links.«

Vierte Tür links? Wir haben in unserer Wohnung eine einzige Tür, und die führt zum Klo.

Ich ziehe die Schuhe aus und gehe vorbei an einem großen Wohnzimmer, einem riesigen Badezimmer und einigen geschlossenen Türen, ehe ich vor der vierten Tür stehe. Meine Hand will schon anklopfen, aber sie hält irgendwo zwischen meinem Körper und der Tür an. Bin ich wütend und enttäuscht? Soll ich mir besser nichts anmerken lassen? Oder sie ausschimpfen und gehen? Der wahnsinnige Massenmörder werden, für den sie mich ohnehin schon hält? Ich habe keinen Plan. Meine Gefühle kämpfen miteinander, und keins trägt den Sieg davon.

Man kann sich doch sicher nicht selbst verändern, einfach so? Oder doch? Ich blicke positiv und zuversichtlich auf das Leben. Niemand ist schlecht. Die Welt ist ein netter Planet.

Ich schaffe es nicht mehr zu klopfen. Plötzlich steht Ada in der Tür. Nicht, weil sie telepathische Fähigkeiten hätte, sondern, weil sie aufs Klo muss oder sich in der Küche ein paar Wachteleier braten will.

»Ach«, sagt sie nur und schluckt mit einer Art Würgegeräusch.

»Ich wollte nur mal kurz vorbeikommen«, sage ich. Als sie keine Antwort gibt, füge ich hinzu: »Weil du doch gestern bei mir kurz vorbeigekommen bist.«

Die Luft strömt aus ihr heraus, als ob sie plötzlich lauter Löcher hätte.

»Sollen wir …«, fragt sie und zeigt auf ihr Zimmer.

»Schönes Zimmer«, sage ich und schaue hinein. »Schönes Haus …«

»Du brauchst nicht …«

Es ist ein Tag für unvollständige Sätze. Solche, die viel bedeuten, auch wenn man nicht jedes Wort ausspricht.

Manche würden vielleicht sagen, dass sich in meinen Sätzen eine Spitze versteckt. Das ist vielleicht auch so. Aber im Moment habe ich nicht genug Gedankenkapazität, um das festzustellen.

Ada setzt sich auf den Stuhl vor dem Schreibtisch. Ich hab einfach keine Lust, den ganzen Computerkram, den iPod und alles andere zu beschreiben, was sich hier im Zimmer befindet. Deswegen mache ich es kurz: Es war nicht billig, Adas Zimmer einzurichten.

»Bist du krank?«, frage ich.

»Nicht sehr.«

Ich schaue aus dem Fenster, um den ganzen Kram im Zimmer nicht ansehen zu müssen. Im Garten gibt es ein Trampolin und ein Badmintonnetz. Aber kein Schwimmbecken.

»Du, Bart, ich weiß … ich meine, ich wollte es Lise doch nicht sagen, aber Geheimnisse liegen mir nicht so ganz. Lise wollte wissen, wo ich gewesen war, und ich wollte sie ja nicht anlügen. Sie ist doch meine beste Freundin. Und dann hat sie vielleicht nicht begriffen, dass sie das auf keinen Fall weitersagen durfte. Oder sie hat es vergessen. Plötzlich hatte sie eine SMS an Vilde geschickt, und die kennt doch August gut. Ich kann ja verstehen, wenn du stocksauer auf mich bist. Ich hab bloß … nicht nachgedacht.«

»Ich habe nicht um eine Erklärung gebeten.«

»Aber ich möchte gern versuchen, es zu erklären. Versteh doch, ich glaube, ich mag keine Geheimnisse haben. Weiß es jetzt die ganze Schule?«

Ich zucke mit den Schultern. Dann passiert etwas Seltsames. Ich habe plötzlich einen ganz starken Druck ganz oben in der Nase. Vielleicht werde ich krank?

Ich bin eigentlich keiner, der sich selbst leidtut. Das macht doch bloß traurig. Und vom Traurigsein fühlt man sich auch nicht besser.

Ich drehe mich um und kehre ihr den Rücken zu. Denn ich habe eine Ahnung davon, was für eine Explosion sich hier vorbereitet.

Wenn ich ganz ehrlich sein soll: Ich habe als winzig kleines Kind zuletzt geweint. Und wenn es wieder passieren muss, dann doch auf keinen Fall zu Hause bei einer, von der ich nicht weiß, ob ich sie hasse oder gern mag, und zu der ich jedenfalls kein Vertrauen habe.

»Ist alles in Ordnung mit dir?«, fragt Ada.

Keine Ahnung, ob der Damm vielleicht gebrochen wäre, wenn sie mir eine Hand auf die Schulter gelegt hätte. Zum Glück steht sie einen ganzen Meter hinter mir und rührt sich nicht. Der Druck in meiner Nasenwurzel lässt nach. Ich kann mich zu ihr umdrehen und sagen: »Ja, natürlich ist alles in Ordnung.«

»Entschuldige, wirklich, Bart.«

»Na gut. Du brauchst nicht die ganze Zeit meinen Namen zu sagen.«

»Okay. Es tut mir richtig leid.«

»Bist du deshalb nicht in der Schule geblieben und nach Hause gegangen?«

Jetzt ist sie damit an der Reihe, zu nicken und den Boden anzustarren.

»Hast du es auch deiner Mutter erzählt?«

Plötzlich sieht sie mich an.

»Nein. Ich hab ihr nur Gutes über dich erzählt. Nicht, dass ich irgendwem eine Gemeinheit über deine Mutter sagen würde, aber …«

»Alles klar«, falle ich ihr ins Wort.

Dann stehen wir da in ihrem viel zu großen Zimmer und hören aus der Ferne Geräusche. Die Stimmung wird davon nicht besser, aber ich glaube, sie wird auch nicht schlechter.

»Lust, ein bisschen Musik zu hören, die mir gefällt?«, fragt Ada.

»Vielleicht.«

Sie hat nicht den schlechtesten Musikgeschmack aller Zeiten. Im Gegensatz zu mir. Ich hatte damit gerechnet, dass sie R & B dahaben würde oder Hits, die alle mögen, aber was wir jetzt hören, sind irgendwelche Sängerinnen mit Gitarre. Solche Musik, die ein bisschen erwachsen klingt und zu Kerzenlicht an dunklen Herbstabenden passt. Auf irgendeine Weise passt sie auch zu Ada. Nur das Haus stimmt nicht. Es ist ein bisschen, als ob wir uns ins königliche Schloss geschlichen hätten.

Ich bleibe zum Essen. Es gibt weder russischen Kaviar noch Sushi. Wir essen Tacos, und Adas Mutter kleckert ganz schön viel herum.

»Wo wohnst du eigentlich?«, fragt sie mit vollem Mund.

»In einem Wohnblock«, antworte ich.

»Wohnblocks sind doch nett.«

MEIN SIEBTES KAPITEL

Mein Zettel hängt noch immer im Treppenhaus, als ich nach Hause komme. Mama sitzt am Wohnzimmertisch und hat offenbar gerade gegessen. Brot, Aufschnitt, Essensreste, nur die Verpackung ist noch übrig.

»Hallo, mein Junge. Hilfst du mir beim Aufräumen?«

Ich suche mir im Schrank eine Tüte und fege die Reste hinein.

»Mama, ziehen wir wirklich um?«

Sie schaut aus dem Fenster, als ob sie in der Ferne etwas Interessantes beobachten wollte. Ich stelle sonst nicht solche Fragen. Das führt nie zu etwas Gutem. Ich kann nicht erklären, warum ich es gerade jetzt tue, aber ich habe auch nicht vor, die Frage zurückzunehmen.

»Klar ziehen wir um, Bart. Wir müssen nur erst die richtige Wohnung finden.«

»Das kann dauern, oder?«

»So was dauert oft.«

»Aber irgendwann wird es passieren?«

»Das verspreche ich dir.«

»Schön. Das wollte ich nur wissen.«

»Kannst du zu McDonald's gehen und etwas zum Abendessen kaufen?«

Ich bekomme Geld, ziehe die Turnschuhe an und gehe hinaus. Im Gang ist ein Typ mit Knick in den Knien in meinen Aushang vertieft. Seine Haare stehen nach allen Seiten ab, und am Kinn hat er ein paar Barthaare. Er entdeckt mich und tippt mit dem Zeigefinger gegen meinen Zettel.

»Haste das da gesehn?«, fragt er.

»Äh, ja, so ein bisschen.«

»Verdammt guter Versuch. So was brauchen wir. Jemand mit Saft in den Knochen, der das Rattennest hier in Schuss bringt.«

»Es war eigentlich … ich hab das aufgehängt.«

»Soll das 'n Witz sein? Unglaublich gut. Da mach ich mit.«

»Wie schön.«

»Wann ist das denn?«

»Sonntag.«

»Und welcher Tag ist heute?«

»Freitag.«

»In zwei Tagen. Das passt gut. Sonntags hab ich keine Aufsichtsratssitzung. Und früher Feierabend.«

»Echt?«

»Sollte bloß ein Witz sein, weißte. Aber ich komm jedenfalls. Bestimmt. Cooler Typ, du, mein ich.«

Ich merke, dass meine Wangen heiß werden. Aufräumen ist ja vielleicht nicht seine starke Seite, aber das spielt irgendwie keine Rolle. Mein Zettel gefällt ihm, und er will mitmachen. Vielleicht ist er ja nicht der Einzige?

Statt zu McDonald's gehe ich in den Supermarkt und kaufe mehr Brot und Aufschnitt. Als ich nach Hause komme, ist Mama vor dem laufenden Fernseher eingeschlafen. Nachdem ich gegessen habe, schalte ich den Fernseher aus und gehe aufs Klo und singe. Die Pillen im Medizinschränkchen vibrieren. Der Wasserhahn tropft ein bisschen mehr als sonst. Danach versuche ich mir vorzustellen, dass Ada neben mir steht und meine Hand drückt. Und auch jetzt rutsche ich nicht in die allerschlimmsten Nebenstraßen ab.

Ich war noch nie in der Oper. Einmal habe ich einen Mann auf der Straße gesehen, der Opernsachen gesungen hat, aber Mama hat mich weitergezogen. Also kann ich kaum behaupten, ich hätte schon mal eine Oper angeschaut. Trotzdem muss man keine fetten Frauen und Männer in komischen Kostümen gesehen haben, um Opern gut zu finden. Ich habe etwas bei YouTube gefunden, aber das war bloß ein Engländer mit schiefen Zähnen aus einer Superstar-Show. Ich habe auch noch nicht gelernt, wie man Mozart und Beethoven oder Wagner und Puccini unterscheidet. Es gibt noch eine Menge andere Komponisten, aber die meisten waren schon tot, als meine Oma geboren wurde.

Ich sehe den oberen Teil meines Gesichts im Spiegel. Ich bitte ja nicht um viele Zentimeter. Ich muss kein Riese werden.

Als ich herauskomme, ist Mama aufgewacht.

»Kannst du mir die Fernbedienung holen?«

»Hier«, sage ich und drücke sie ihr in die Hand.

Als Mama den Fernseher einschaltet, klingelt es an der Tür. Als Erstes denke ich, dass Ada wieder draußen steht. Mama macht vom Sofa aus eine Kopfbewegung zur Tür, damit ich hingehe. Das Gesicht, das ich durch den Türspion sehe, ist vertraut und verrunzelt. Ich schleiche mich zu Mama zurück und flüstere: »Das ist Oma.«

Mama macht ein entsetztes Gesicht.

»Die darf doch jetzt nicht kommen. Und ich hab ihr gesagt, dass ich Freitag- und Samstagabend arbeiten muss. Lass sie nicht rein.«

»Aber Mama, es ist doch Oma.«

Es klingelt wieder. Ich entdeckte feuchte Perlen auf Mamas Stirn. Stress verwandelt sich bei Mama oft in Schweiß.

»Gib mir eine Decke. Dann muss ich eben krank sein«, sagt Mama.

Ich reiche ihr eine Wolldecke und mache auf.

»Da seid ihr ja, ihr beiden«, sagt Oma. »Ihr braucht aber lange, um an die Tür zu kommen, und dabei ist eure Wohnung so klein.«

»Ich muss Mama helfen. Sie ist krank«, erkläre ich.

Oma hat eine ziemlich große Tüte in der Hand.

»Ich war gerade in der Nähe, und da wollte ich nur das hier vorbeibringen«, sagt sie und stellt die Tüte auf den Tisch. Der Inhalt ist extra verpackt. »Gibt es am Sonntag ein großes Geburtstagsfest?«

Oma meint diese Fragen nie böse, aber ab und zu sind sie sehr schwer zu beantworten. Ich muss mir immer alles zweimal überlegen, ehe ich ihr etwas sage. Mama und ich verabreden oft, was wir sagen werden, aber manchmal weiß ich nicht mehr genau, was wir verabredet haben.

»Ich feiere nächste Woche mit Freunden nach«, lüge ich. »Ich hoffe, du kannst trotzdem am Sonntag kommen?«

»Natürlich komme ich.«

»Aber ich muss dir auch noch sagen, dass wir hier am Sonntag im Haus eine Aufräumaktion haben.«

»Wie gut.«

Oma wendet sich Mama zu und stellt eine von ihren schwierigsten Fragen. »Ist es nicht komisch, dass du bei einer Telefongesellschaft wie der Telenor arbeitest und trotzdem kein funktionierendes Mobiltelefon hast?«

»Es hat da wohl irgendwelche Probleme gegeben mit dem … Mobilsystem«, sagt Mama.

»Besser, wenn das ihren Angestellten passiert als ihren Kunden«, werfe ich dazwischen.

»Das wird wohl so sein«, sagt Oma mit ihrem seltsamen Gesichtsausdruck.

Im Schrank über dem Herd gibt es ein magisches Fach. Da legt Mama die Rechnungen hinein. Und wenn sie erst dort sind, kommen sie nur ganz selten wieder heraus. Es ist fast, als ob sie in ein schwarzes Loch gesaugt würden. Aber nur fast. Ein abgestelltes Telefon bedeutet doch irgendwie, dass es die Rechnungen gibt.

Oma macht den Abwasch und räumt ein bisschen auf. Wie immer. Sie fragt nicht, was Mama fehlt. Sie kocht Kaffee und fragt, ob ich bei irgendetwas Hilfe brauche.

Oma ist vieles, was Mama nicht ist. Das bedeutet nicht, dass alles, was Oma tut, perfekt ist. Sie raucht solche Zigaretten, die man selbst dreht, und hatte, sagt Mama, mehr Freunde als normale Menschen Unterhosen. Ich glaube, sie hat jetzt mit Männern aufgehört, denn sie wohnt allein, zusammen mit einem redseligen Papagei namens Gudleik. Sie redet über ihn, als ob sie verheiratet wären. Wir besuchen sie nie, denn Mama sagt, sie sei allergisch gegen Vögel. Ich bin mir nur nicht sicher, ob das wirklich stimmt.

»Gibt's schon was Neues über euren Umzug?«, fragt Oma.

»Später im Monat erfahren wir mehr«, antwortet Mama.

Ich würde gern erzählen, dass das nicht stimmt. Dass Mama lügt und dass wir so schnell nicht umziehen werden. Ich weiß nicht, ob Oma uns überhaupt noch ein Wort glaubt, aber sie scheint mit Mamas Antwort zufrieden zu sein.

»Das wird sicher schön«, sagt sie, wieder mit diesem seltsamen Gesichtsausdruck.

Am Sonntag habe ich Geburtstag. Dann bin ich ein Teenager. Dann werde ich die Welt sicher mit neuen Augen sehen.

»Ich hab mir das mit dem Boxen überlegt«, sagt Mama, als Oma gegangen ist und es Zeit zum Schlafengehen wird. »Vielleicht ist das doch nicht ganz das Richtige für dich?«

Mama hat den Fernseher sehr leise gestellt. Das tut sie nur, wenn wir ein ernstes Gespräch führen müssen. Der Trainer kann sie doch wohl nicht angerufen haben?

»Warum denn?«

»Weil es einen andren Sport gibt, bei dem alles vorkommt, was du zum Überleben brauchst. Mixed Martial Arts. Das ist wie Boxen, Ringen und Kickboxen auf einmal. Du lernst Werfen und Schlagen und Treten, und in den ganz alten Zeiten war das wohl auch eine olympische Disziplin.«

»Ich weiß nicht so recht.«

»Überleg doch mal, dann kannst du dich verteidigen, egal, was dein Angreifer kann.«

»Es ist doch nicht sicher, ob ich so viel angegriffen werde.«

»Die bringen dir bei, rein gar keine Angst zu haben. Ich hab im Frühstücksfernsehen etwas darüber gesehen.«

»Kann ich mich da erst mal ein bisschen drüber informieren?«, frage ich, hole den Laptop hervor und schalte mich ins Netzwerk der Nachbarn ein.

Ein bisschen Googeln ergibt, dass es ein Sport ist, wo fast alles erlaubt ist, außer Beißen und Finger in die Augen bohren. Zum Glück gibt es in Norwegen keine Mixed-Martial-Arts-Wettkämpfe und wohl auch kaum Unterricht für Jungen in meinem Alter.

»Hier steht, dass es einen Film namens ›Fight Club‹ gibt, der davon handelt. Vielleicht sollten wir uns den zuerst mal ansehen?«, frage ich.

»Ja, verflixt, aber jetzt hab ich mir schon einen Boxfilm ausgeliehen, ich dachte, den könnten wir uns abends mal ansehen. Schau mal.«

Sie hebt eine DVD-Hülle mit einem Jungen hoch, der glücklich durch die Luft springt. Der Film heißt »Billy Elliott«.

»Hast du gelesen, was hinten draufsteht?«, frage ich, nachdem ich den Text überflogen habe.

»Nein, aber Cheap Charlie hat gesagt, der handelt von einem, der boxen lernt.«

»Der hier scheint aber eher Ballett zu lernen.«

»Der da? Ballett?«

Sie reißt mir den Film aus der Hand und liest, was hinten auf der Hülle steht. Mama gibt sich immer solche Mühe, aber es geht oft nicht so, wie sie sich das gedacht hat. Es kann ja vorkommen, dass ein Film über einen Jungen, der boxt und lieber zum Ballett will, gut ist. Aber so ein Film wird meine Lust aufs Boxen sicher nicht größer machen.

»Himmel, das ist doch total falsch. Ich geh runter und frag, ob er noch was anderes hat.«

Bald darauf kommt sie mit einem Film namens »The Fighter« zurück. Ihr ist gesagt worden, dass der garantiert von einem Boxer handelt, der nichts anderes machen will.

Es ist nicht gerade Mamas Erfolgsabend. Der Boxer im Film will wirklich nur boxen, aber der Film handelt genauso sehr von seinem Bruder, der so zugedröhnt ist wie die Typen in unserem Aufgang. Und im Film gibt es eine Mama, und die ist nicht so wie meine – und ist es dann doch ein bisschen. Es ist wahnsinnig schwer, so was zu erklären. Der Film macht Mama überhaupt nicht froh. Und dann macht er mich ja auch nicht glücklich. Außerdem kann ich heute wirklich keine zusammengeschlagenen Leute brauchen. Der Film wirkt nicht so, als ob alles gut ausgeht, aber man weiß ja nie.

Am Ende schalten wir vor dem Schluss auf eine Talkshow im NRK um.

»Tut mir leid«, sagt Mama.

»Zwischendurch war er doch gut«, antworte ich.

Das Schöne an Samstagen ist, dass man freihat. Das Schöne an freien Tagen ist, dass man alles Mögliche machen kann.

Alles, was mir fehlt, ist etwas Vernünftiges, um solche Tage zu füllen.

Mama steht vor mir auf. Sie macht uns Müsli mit Wasser und jeder Menge Zucker und Marmelade.

»Ich dachte, ich könnte nächste Woche zwei Tage im Supermarkt arbeiten«, sagt Mama.

»Wie gut«, sage ich.

»Und dann hab ich auch an deine Aufräumaktion gedacht.«

Ich blicke vom Müsli auf.

»Ja, ich kann doch vielleicht so eine Art Einsatzleiterin sein.«

»Natürlich kannst du das.«

»Aber du weißt schon, es ist … sehr wahrscheinlich, dass niemand mitmacht.«

»Ich hab auf dem Gang einen getroffen, der gesagt hat, dass er kommt.«

»Ja, aber einige von denen sagen so viele seltsame Dinge.«

»Dem glaube ich aber«, sage ich und starre wieder mein Müsli an.

Mama setzt sich nach dem Frühstück aufs Sofa und schaltet den Fernseher ein. Ich gehe aufs Klo und singe. Mitten im Lied kneife ich die Augen zusammen und sehe meine obere Gesichtshälfte nur noch verschwommen im Spiegel. Immer, wenn ich mir in die Augen schaue, kippt meine Stimme um. Wenn ich dann die Augen wieder zukneife, treffe ich auch wieder den Ton. Im Internet habe ich über Hypnose gelesen. Vielleicht könnte ich mir später selbst einreden, dass ich in meinem eigenen Klo stehe, auch wenn ich in Wirklichkeit vor Hunderten von Menschen singe?

Ich gehe zurück ins Wohnzimmer und lasse mich neben Mama sinken. Die Sendung »Charterfieber« wird wiederholt. Ich war noch nie im Ausland in Ferien, aber so, wie sich die Leute in der Sendung benehmen, geht es da anscheinend ganz schön verkrampft zu. Trotzdem glaube ich, dass ich gern in einem Hotel wohnen würde. Es sieht so sauber aus.

Nach zwei Stunden vor dem Fernseher sage ich zu Mama: »Ich geh mal ein bisschen raus.«

»Wohin willst du?«

»Nur mal ein bisschen raus.«

»Aber geh nicht weit weg.«

»Nein, tu ich nicht.«

An den Wochenenden gehen Mama und ich uns manchmal ein bisschen auf die Nerven. Dann tut es gut, ein paar Stunden fliehen zu können.

In der Schule ist die Rede davon, wie wichtig es ist, den Körper zu bewegen. Ich könnte das vielleicht Mama vorschlagen, aber dann denkt sie möglicherweise, ich will mich über sie lustig machen.

Mein Zettel hängt noch immer da. Ganz unten auf den einen, wo ich geschrieben habe »Bitte, hängen lassen«, hat jemand mit gewaltig schiefen Buchstaben hinzugefügt: »Kommt gefälligst, zum Teufel!«

Ich lache ein bisschen und gehe nach draußen. Als die Tür hinter mir zufällt, entdecke ich vor mir drei bekannte Gesichter. Ich fahre zurück. Auf dem Hinterhof warten Leute, denen ich fünfmal pro Woche begegne. Aber samstags nie. Und hier auch nie. Von allen, denen ich in meinem Hinterhof nicht begegnen möchte, stehen diese wohl ganz oben auf der Liste.

»Was macht ihr denn hier?«, rutscht es aus mir heraus.

Eine unsichtbare Hand presst meinen Magen zusammen. Denn dort warten August, Gabriel und Johnny. Alle drei aus meiner Klasse. Drei Jungs, die nie im Leben zufällig hier in der Gegend sind. Die Frage hätte ich mir sparen können, denn ich weiß die Antwort schon.

»Wir mussten doch nachsehen, ob es stimmt«, sagt August. »Ist das hier dein Slumblock?«

Was soll man auf eine solche Frage antworten? *Nein, das ist der Slumblock von anderen Leuten.*

»Ist das dein Vater, oder was?«, fragt Gabriel und zeigt auf einen versoffenen Typen, der die Haustür nicht aufkriegt.

Ich könnte natürlich einfach sagen »Nein, das ist nicht mein Vater«. Aber ich soll hier gar keine Antwort geben. Die anderen sollen mich auslachen. So, wie sie die ganzen Jahre hindurch Bertram ausgelacht haben. Den, der jetzt Vümpfer heißt und auf dem Sommerfest rappen wird, den, der jetzt gerade die tiefste Finsternis des Schulhofes verlässt.

»Können wir uns mal deine Mutter ansehen, oder was?«, fragt August.

Ich habe wirklich nichts zu sagen. Ich kann das hier nicht wegdiskutieren. Ich bin nicht einmal sicher, ob ich es wegdiskutieren will. Aber dass August nach Mama fragt, ist trotzdem das Schlimmste. Als ob sie eine Kuriosität wäre, die man besichtigen kann.

August ist der Größte in der Klasse und der Meister im Armdrücken. Ich gehe zum Boxen. Der Trainer sagt, ich müsste endlich anfangen zu schlagen.

Er hat recht. Das weiß ich ja.

Das Trio ist jetzt ganz dicht an mich herangetreten. August lächelt. Einen Moment lang sieht es fast aus wie ein freundliches Lächeln.

Aber das ist es nicht.

Meine Faust schießt durch die Luft. Sie ist auf dem Weg zu Augusts Wange. Kraft, Bogen, Richtung, alles ist perfekt. Es ist ein Schlag, auf den Muhammed Ali stolz wäre.

Trotzdem bewegt sich der Schlag an Augusts Gesicht vorbei, als ob ich tanzte und nicht boxte.

Und in dem Moment kommt der Knall. So, als ob etwas in meinem Gesicht explodiert. Mein Kopf wird rückwärtsgeschleudert, und ich merke, dass die Beine unter mir nachgeben. Ich sehe August und die anderen nicht mehr. Ich sehe den Himmel. Viel Himmel. Und ein bisschen Dach.

August, Gabriel und Johnny beugen sich über mich. Sie sagen irgendetwas zueinander. Jemand hat mir einen Pfeifton in die Ohren gelegt, und Lippenlesen kann ich nicht.

Die Jungen verschwinden aus meinem Himmel. Etwas läuft über meine Wange. Es regnet nicht.

Ich habe mir nicht einfach alles gefallen lassen. Ich habe geschlagen. Es ist vielleicht schwer zu glauben, aber ich bin wirklich ein bisschen stolz auf mich.

»Himmel, was ist denn mit dir passiert?«

Ein anderes Gesicht schiebt sich vor den Himmel.

»Wieso haben diese Ärsche das denn gemacht? Denen hätte ich mal die Eier zerquetschen sollen.«

Der Typ, der meinen Aushang gelesen hat und zur Aufräumaktion kommen will, hilft mir beim Aufsitzen. Ich greife mir ans Gesicht. Meine Finger werden rot. Der Typ zieht sein T-Shirt aus und drückt es mir gegen das Gesicht.

»Au«, rutscht es mir heraus.

»Sorry, Mann. Ich glaub, du musst was mit deiner Nase machen lassen.«

»Mit meiner Nase?«

»Die ist bestimmt gebrochen.«

MEIN ACHTES KAPITEL

Es hätte schlimmer sein können. Ich hätte mit dem Hinterkopf auf den Asphalt knallen und wie eine Sternschnuppe erlöschen können. Mama wäre allein geblieben. Damit wäre sie nicht fertiggeworden.

»Was für ein Pech, dass du gestolpert bist und mit dem Gesicht das Geländer getroffen hast«, sagt Mama und reibt meinen Rücken.

Der Typ mit dem T-Shirt hat nur genickt, als ich Mama von meinem unglaublich unglücklichen Fall erzählt habe. Ehe wir zum Notarzt gefahren sind, hat er mir ins Ohr geflüstert: »Nächstes Mal helf ich dir, wenn die Ärsche kommen.«

Jetzt sitze ich auf dem Sofa vor dem Fernseher mit einer Nase, die richtig eingerenkt worden und mit Pflastern beklebt ist, damit sie auch so bleibt. Ich bin unter beiden Augen lila. Mein Kopf fühlt sich an, als ob er überall geschwollen wäre. Mein Schädel ist jedenfalls ungeheuer schwer zu tragen.

»Dann kannst du jetzt wohl einige Tage nicht zum Training gehen?«, fragt Mama.

»Nein, vielleicht nicht.«

»Soll ich den Zettel für die Aufräumaktion wegnehmen?«

»Nein. Ich hab mir doch nicht den Arm oder das Bein gebrochen, nur die Nase.«

Mama lächelt mich an.

»Du bist immer so positiv, du, mein Junge. Macht es dir was aus, wenn ich heute Abend mal kurz weggehe?«

»Heute Abend?«

»Ich bin früh wieder da. Versprochen. Wirklich nur eine kleine Tour. Aber wenn du möchtest, dass ich zu Hause bleibe, dann tu ich das natürlich. Ich geh nur, wenn dir das ganz bestimmt recht ist.«

Ich sehe Mama an. Sie legt den Kopf ein bisschen schräg und lächelt mich an. Ich will ganz bestimmt nicht, dass sie geht.

»Klar, das geht schon.«

»Wie schön, Bart. Nur ganz, ganz kurz, nur mal ein bisschen Luft schnappen. Es wird hier manchmal ein bisschen eng.«

Sie schüttelt ihren großen Körper ein wenig.

»Das kann ich verstehen.«

Es ist so, als ob die ganze Zeit jemand auf mein Gesicht springt. Mama hat mir zwei Paracetamol gegeben, aber die helfen kaum gegen das Elefantengetrampel in meiner Visage. Selbst die blödeste Fernsehsendung begreife ich nur mit Mühe. Ich hoffe, ich werde nicht in einem Aufwasch auch noch gehirntot.

Mama schminkt sich und geht. Ich schalte den Fernseher aus. Liegen tut noch mehr weh als sitzen.

Am Montag wird es amtlich. Ich muss beim Sommerfest aussteigen. Wo ich ja ohnehin nicht singen wollte. Ich werde erklären, dass meine Nebenhöhlen angeschwollen sind, zusammen mit meinem übrigen Gesicht, und dass daraus ein Kreischen entsteht, bei dem den Leuten die Ohren bluten würden. Und dann werde ich August vielsagend anstarren, und alle werden begreifen, dass er die Vorstellung ruiniert hat.

Ich teste meine Stimme. Ein klarer schöner Ton perlt heraus. Nichts zerbricht. Kein Ohr wird eines furchtbaren Todes sterben. Aber ich kann nicht sehr lange singen. Mein Kopf wiegt eine Tonne.

Ich schalte wieder den Fernseher ein und versuche es mit einer Witzserie. Gelächter gackert aus der Dose, und es wird über Dinge gelacht, die ich nicht kapiere. In den Nachrichten gibt es nur Tragödien.

Als ich kurz davor bin wegzunicken, klingelt es an der Tür. Ich schaue durch den Spion und sehe den Typen, der mir am Nachmittag geholfen hat.

»Wie geht's denn?«, fragt er, als ich aufmache.

»Es tut ein bisschen weh«, sage ich und warte erst ab, dann füge ich hinzu: »Möchtest du reinkommen?«

»Ist deine Mutter zu Hause?«

»Nein.«

Im nächsten Moment steht er mitten im Zimmer und schaut sich um. Der Typ besteht eigentlich nur aus Haut und Knochen und hat ein paar Zähne, die sich mal ein Zahnarzt ansehen müsste.

»Ich heiße Bart«, sage ich, ohne die Hand auszustrecken.

»Das hatte ich auch mal.«

»Was denn?«

»Bart.«

»Ach so. Wie heißt du denn?«

»Geir.«

»Ich glaube, vor ein paar Tagen hat dich hier jemand gesucht.«

»Typisch, was? Ich verschwinde einfach. Puff, und schon bin ich weg und niemand findet mich. Das mach ich vor allem, wenn ich irgendwem Kohle schulde.«

»Ich hab gesagt, du bist tot.«

»Haha, cool. Das Gerücht von meinem Tod ist um einiges übertrieben.«

Geir lässt sich auf das Sofa fallen, setzt sich aber alle paar Sekunden anders hin und fährt sich immer wieder mit den Händen über die Oberschenkel. Ich gehe zum Bett und setze mich auch.

»Warum hat er dir eine reingehauen?«, fragt Geir.

»Ich hab zuerst geschlagen. Oder ... ich hab es versucht. Ich geh zum Boxen, aber mit Schlagen hab ich eigentlich noch nicht angefangen.«

»Boxen ist saugut, Mann. Jedenfalls zum Zuschauen. Wenn die das können, mein ich. Du bist ja reichlich schnell zu Boden gegangen. Du hast noch keine Abwehr gelernt, oder was?«

»Doch, aber die hatte ich nicht schnell genug oben.«

»Schau mal hier«, sagt er und zeigt auf eine Narbe an seinem einen Auge. »Ich bin auch zu langsam. Heroin macht nicht schnell, ha, ha.«

»Was ist passiert?«

»Kiefer gebrochen und jede Menge Scheiß. Musste wochenlang im Krankenhaus liegen. Aber Gratisdope, immerhin. Das war cool.«

»Ich meine, wer hat das gemacht?«

»Hab Kohle geschuldet. Das macht schnell Ärger. Ich schulde eigentlich oft Kohle.«

Ich mache mir langsam Sorgen, dass Mama bald nach Hause kommen könnte. Sie sagt immer, ich dürfte nicht mit den Leuten aus dem Haus reden. Als ob ich zum ausgekochten Junkie werden könnte, sowie wir ein paar Worte wechseln. Es ist sehr schnell gegangen, aber mein Entschluss steht schon fest: Geir soll mein Freund werden. Keiner, auf den ich mich in jeder Beziehung verlasse, aber einer, der vorbeischauen kann, solange er nichts klaut.

Geir erzählt jetzt von damals, als er jung war. Als er ein ganz normaler Junge mit vielen Freunden war, der nicht glaubte, dass er in seinem Leben jemals etwas anstellen könnte. Aber das ist wohl das, was man »auf die schiefe Bahn geraten« nennt. Eine Zeit lang scheint er alle anderen verantwortlich zu machen: schlechte Freunde, Pech, Polizei, Eltern, zu starke Drogen und eine gemeine Freundin.

»Aber weißt du«, sagt er nach einer Weile. »Der Einzige, der wirklich schuld daran ist, sitzt hier. Ich bin das selbst. Ich will dir was zeigen.«

Er krempelt ein Hosenbein hoch, und ein dünnes Bein voll fieser Wunden kommt zum Vorschein. Ich versuche, nicht hinzusehen.

»Ich tu das nicht, damit du mich widerlich findest. Ich will dir nur Angst machen. Das hab ich mir selbst angetan. Da könnte man mich doch für total verrückt halten. Aber das Schlimmste ist, dass ich das nicht bin. Ich bin eigentlich ganz vernünftig.«

Er zieht das Hosenbein wieder nach unten.

»Kannst du nicht aufhören?«

»Das kann ich, Bart. Ich schaff es nur nicht.«

Geir ist ein netter Mensch, der mich deprimiert. Jedes Mal, wenn in seinem Leben etwas Gutes passiert ist, hat sich irgendein Riesenschatten über das Schöne gelegt. Es geht besser, wenn wir über normale Sachen reden, nicht über Leben, die zum Teufel gehen, oder Wunden, die eitern. Plötzlich steht er auf und sagt, dass er gehen muss.

»Ich hab einen wichtigen Termin und überhaupt. Aber ich komme morgen zum Aufräumen, versprochen.«

»Kommst du immer pünktlich?«

»Nein. Aber morgen schaff ich das.«

Als er gegangen ist, nehme ich noch zwei Paracetamol und gehe schlafen. Mama wollte früh nach Hause kommen, und jetzt ist es nicht mehr früh.

Manche Morgen sind viel zu still. Als ob eins der wichtigsten Geräusche auf der Welt fehlt. Ich schaue zum Sofa hinüber. Auf dem Mama liegen und sägen müsste. Das Sofa ist leer.

Es ist kurz nach halb acht. Es passiert manchmal, dass Mama erst am frühen Morgen nach Hause kommt. Immer hat sie danach versprochen, dass es nie wieder vorkommen wird.

Ich bleibe liegen und betaste vorsichtig meine Nase und ihre Umgebung. Mein ganzes Gesicht scheint locker zu sitzen.

Ich weiß, ich müsste hier liegen und denken: *Jawoll, heute hab ich Geburtstag!* Jetzt bin ich offiziell ein Teenager. Aber alles, was in meinem Kopf herumdröhnt, ist ein komisches Gemisch aus Mama, Ada, Geir, Schmerz und Leuten aus der Schule mit harten Fäusten.

Jippie …

Als zehn Minuten lang nichts passiert ist, stehe ich auf. Auf dem Küchentisch liegt ein Kuchenrezept. Aber ich glaube, wir haben keine von den Zutaten. Ich gieße Wasser und Müsli in eine Schale und streue den restlichen Zucker darüber.

Wenn ein Geburtstag mies anfängt, kann er nur besser werden. Die meisten Geburtstage sollten eine gleichmäßige Steigerung aufweisen. Es wäre viel schlimmer, wenn der Geburtstag ein böses Ende nähme.

Ich weiß, wo Omas Geschenk liegt, aber ich kann es nicht ohne sie auspacken. Also fange ich an zu singen. Es ist schwer zu beurteilen, wie man selbst singt, aber klingt es nicht besser als sonst? Als ob der Nasenbruch die letzten Misstöne aus Stimme und Nebenhöhlen geschüttelt hat?

Ich singe so laut, dass die Nachbarn gegen Wände und Decken hämmern. Mein unsichtbares Publikum ist perfekt. Am Ende singe ich aus voller Kehle ein altes Geburtstagslied.

Danach gehe ich ins Netz und suche nach Bildern von John Jones. Diesmal entdecke ich ein Foto, das ich noch nie gesehen hatte. Der Mann trägt eine Uniform, sitzt vornübergebeugt auf einem Stuhl und stützt die Ellbogen auf die Oberschenkel. Aber etwas sieht nicht richtig aus. Ich klicke das Bild größer. Seine Beine sind Prothesen. Solche Metalldinger mit Schuhen unten. Vielleicht bin ich jetzt verzweifelt – aber sieht er mir nicht doch ein bisschen ähnlich? Ich sehe das an der stumpfen Nase, der Haarfarbe und den dichten Augenbrauen.

Wenn das nun mein Vater ist? Ich habe dieses Foto von ihm in einem Buch mit Bildern von amerikanischen Soldaten gefunden, die im Irak irgendwelche Körperteile verloren haben. Ich klicke eine Frau ohne rechten Arm an, einen Mann, dem ein Auge fehlt, und einen Soldaten mit Brandwunden am ganzen Leib. Ganz unten auf der Seite finde ich die Adresse des Verlages, der das Buch herausgegeben hat, und schreibe eine E-Mail:

Dear Sir or Madam
My name is Bart; and I live in Norway. It is at the top of Europe.
My dad's name is John Jones. I think you have a picture of him in your book. He disappeared before I was born. I think he just liked my mother for a very short time.
Can you give him this e-mail? And tell him it is not important how many legs he has. He is a hero to me. I will be more than happy if he gets in touch.
Yours truly
Bart Narum
PS. It is my birthday today.

Ich habe im Netz ein gutes Wörterbuch gefunden. Ehe ich mir noch einmal überlegen kann, ob es eine tolle Idee ist, den Verlag um die Adresse von meinem Vater zu bitten, habe ich auf »Senden« gedrückt. Wenn ich nichts riskiere, werde ich ihn nie finden. Jetzt ist die Post abgegangen. Wir haben in der Schule eine Regel, dass man entweder die ganze Klasse oder alle vom selben Geschlecht zum Geburtstag einlädt. Auf diese Weise bin ich schon auf ganz schön viele Geburtstagsfeste eingeladen worden. Niemand hat mich jemals gebeten, nicht zu kommen. Ich habe Mama nie von den Einladungen erzählt. Dann wäre sie sicher losgestürzt, um feine Klamotten und Geschenke zu kaufen, die wir uns nicht leisten können. Eigentlich hört es sich anstrengend an, einen ganzen Abend im Mittelpunkt zu stehen. Wenn man kein Fest hat, braucht man auch niemanden einzuladen. Aber ich freue mich darauf, Omas Geschenk auszupacken. Geschenke sind ihre Stärke. Sie kann das besser als Mama. Die schafft es nicht immer, eins zu kaufen, und dann sagt sie, ich bekomme deshalb etwas besonders Schönes zu Weihnachten.

Ich schaue wieder auf die Uhr. Bald eins. Wo Mama nur bleibt? So spät ist sie noch nie nach Hause gekommen.

Ich schalte den Fernseher ein und glotze, ohne wirklich etwas zu sehen. In regelmäßigen Abständen schaue ich auf die Uhr. Draußen ist es ein grauer Geburtstag. Ich ziehe meine Schuhe an und gehe hinaus. Mama sagt mir nie, in welche Kneipe sie geht, aber ich weiß, dass sie oft im Wild Beers ist, das nur ein paar Straßen weiter liegt. Als ich dort ankomme, ist es geschlossen, sie öffnen erst um fünf.

Im Fernsehen wird gerade eine Prügelei gezeigt, als ich nach Hause komme. In der Nachbarwohnung läuft laute Musik. Ich sitze auf dem Sofa und warte. Gleich wird mein Geburtstag besser werden. Ich bin ganz sicher, dass es schon fast so weit ist.

Draußen regnet es.

Niemand prügelt sich im Fernsehen. Jemand lärmt draußen auf dem Gang. Um zwei Uhr nehme ich zwei Paracetamol mit einem Schluck Wasser.

Plötzlich klingelt es an der Tür. Durch den Türspion sehe ich Oma und merke, dass mich endlich ein gutes Gefühl durchfährt.

»Hallo, Oma«, sage ich begeistert, als ich aufmache.

Ich erwarte eine Umarmung und Glückwünsche. Aber

sie sieht mich nur seltsam an. Als ob sie irgendwo Schmerzen hätte. Ob Oma etwas passiert ist?

»Es ist etwas passiert, Bart.«

»Wo tut es dir weh?«

»Von mir ist nicht die Rede.«

Ich weiß sofort, wen sie meint.

»Oh nein!«

»Es ist nicht so schlimm, wie es sich anhört«, sagt Oma jetzt.

Sie steht noch immer auf dem Gang. Da muss es doch schlimm sein.

»Deine Mama liegt im Krankenhaus«, sagt sie jetzt.

Natürlich hätte ich das begreifen müssen. Mama ist wieder krank geworden. Jetzt müsste ich schreien oder unzusammenhängend schluchzen. Aber ich sage nichts. Sehe nur Oma an, als ob ich das Wort Krankenhaus noch nie gehört hätte.

»Kann ich reinkommen?«

Ich scheine im Weg zu stehen und trete zur Seite, um Oma vorbeizulassen.

»Mama war gestern in der Kneipe, und ich glaube, sie hat ziemlich viel getrunken. Das macht sie ja manchmal«, sagt Oma.

»Nicht so oft. Viel seltener als früher.«

»Tja, das mag wohl so sein, aber gestern war es ein bisschen viel. Und dann ist sie wohl umgefallen. Na ja, du weißt ja, sie hat diesen Diabetes und Herzflimmern. Sie ist einfach nicht so gut in Form. Im Krankenhaus werden sie rausfinden, was man tun kann.«

»Wir müssen sie besuchen.«

»Das werden wir auch. Aber sie ist nicht wach.«

»Schläft sie?«

»Nein, sie … also, das ist eine Art Koma.«

»Koma? So, dass man nicht wach wird, wenn jemand Krach macht?«

»Ja. Sie wird aufwachen, es dauert nur noch etwas. Sie … ja, das … ich weiß nicht …«

Oma setzt sich auf das Sofa. Das Sofa, auf dem Mama heute Nacht hätte liegen und schnarchen müssen. Ich setze mich dahin, wo Mama immer ihren Kopf hinlegt. Oma sieht mich die ganze Zeit an. Will sie feststellen, ob ich jetzt total viel Gefühle habe? Oder möglichst schnell reagieren, falls ich komplett ausraste? Oma streckt den Arm aus, bis sie mit den Fingerspitzen meine Schulter berührt.

»Wir können die Aufräumaktion nicht abblasen«, sage ich.

»Schaffst du das denn?«

»Ich schaffe das, das weiß ich.«

Im Fernsehen habe ich Leute gesehen, die mit Komapatienten reden, und die werden dann plötzlich wach, und alle weinen ein bisschen. Ich glaube, das sind ziemlich blöde Sendungen.

»Was ist dir denn eigentlich passiert?«, fragt Oma.

Ich hatte meine Nase fast vergessen.

»Ach das. Ich hab mich mit einem aus meiner Klasse geprügelt.«

Oma rutscht auf dem Sofa an mich heran und nimmt mich in den Arm.

»Tut mir leid, dass alles in deinem Leben so schwierig ist.«

»Gebrochene Nasen heilen wieder.«

»Das stimmt.«

»Die werden genau wie vorher. Das hat der Arzt gesagt.«

»Schön.«

Es klingt nur hohl und dumm, wenn ich positiv bin. Das höre ich jetzt. Außerdem sitzt sie so nah, dass ich ihren Raucheratem riechen und das leise Gurgeln in ihrem Hals hören kann. Solche wie Oma können sicher jeden Augenblick sterben. Das hier hat sie nicht verdient.

»Oma«, sage ich und schaue ihr in die Augen. »Glaubst du etwas von dem, was Mama und ich sagen?«

Ich glaube, sie versucht zu lächeln. Aber ein Lächeln, das nicht ganz herauskommt, wird oft zu einer scheußlichen Grimasse.

»Deine Mutter gibt sich alle Mühe. Da bin ich mir ganz sicher. Und sie möchte, dass alles besser ist als jetzt. Aber ich weiß ja, dass sie nicht immer die Wahrheit sagt.«

»Sie arbeitet nicht bei der Telenor.«

»Das weiß ich.«

»Sie lügt die ganze Zeit. Das tu ich auch. Wir verabreden, welche Lügen wir dir erzählen wollen.«

»Ich weiß, dass ihr lügt.«

»Machst du deshalb manchmal so ein seltsames Gesicht?«

»Tu ich das?«

»Warum sagst du nicht, dass wir lügen?«

»Würde das denn irgendwas besser machen?«

»Entschuldige … dass ich lüge.«

Sie streichelt mich ein bisschen. Ihre Technik ist anders als Mamas. Mir fehlen Mamas große weiche Hände.

»Tut mir leid, das hab ich total vergessen. Herzlichen Glückwunsch zum Geburtstag, Bart«, sagt sie mir ins Ohr. »Ich gratuliere.«

»Danke.«

Und so sitzen wir dann eine Weile da. Oma weint leise. Ich schaue aus dem Fenster und überlege, wie man so eine Aufräumaktion eigentlich durchführt. Natürlich müsste ich an Mama denken, aber ich habe sicher in der nächsten Zeit jede Menge Gelegenheit dazu.

»Kannst du bei der Aufräumaktion die Einsatzleiterin sein?«, frage ich.

Oma lässt mich los und wischt sich ein paar Tränen ab.

»Was? Aufräumaktion?«

»Ja, wir brauchen jemanden, der das schon mal gemacht hat und weiß, wie das vor sich geht.«

»Ja, man räumt dann ein bisschen auf und ... vor allem räumt man wohl auf.«

»Ich glaube, wir müssen auch ein bisschen putzen.«

»Putzen ist keine schlechte Idee. Himmel, ich hab ja ein Geschenk für dich.«

»Ich weiß, wo es liegt.«

Ich hole es aus einem Haufen Kleider und reiche es Oma, die es mir mit einem weiteren »Herzlichen Glückwunsch zum Geburtstag« zurückgibt.

Oma hat nicht viel Geld. Wenn sie das hätte, würde sie Mama sicher mehr geben. Aber das Geschenk ist so viel mehr, als ich erwartet hatte. Und sie hat es sicher ganz ehrlich bezahlt.

»Danke«, sage ich unsicher.

Ich betrachte das Bild auf der Verpackung. Es ist ein Touchscreentelefon.

»Ich bezahle das Abonnement. Es muss doch möglich sein, einen von euch zu erreichen. Glaubst du, das ist in Ordnung?«

»Das … das ist viel mehr als in Ordnung.«

Vielleicht ist es alles ein wenig zu viel auf einmal. Und in Augenblicken wie diesen hätte ich wirklich gern ein eigenes Zimmer. Nur, um mich für einige Minuten zu sammeln. Aber wir haben eben nur das Klo, und das ist nicht dasselbe.

Ich habe ein Mobiltelefon. Ein richtig tolles Mobiltelefon.

Ich umarme Oma und bleibe an ihr hängen. Der Druck oben in der Nase ist wieder da, aber mein Blick wird nicht trübe, und ich mache keine Geräusche. Ich weiß nicht, wie lange wir hier so sitzen, aber ich kann nicht ausschließen, dass es etwas länger dauert als eine normale Oma-Umarmung.

MEIN NEUNTES KAPITEL

»Tut mir wirklich leid, ich wollte ja so viele wie möglich mitbringen. Aber die Leute haben sonntags ja immer so viel vor. Sollte man nicht meinen, aber … Shit, also, das war schwer.«

Geir sieht mich ein bisschen unsicher an. Ich müsste jetzt bald etwas sagen.

»Das ist …«, fange ich an. »Das ist …«

»Weiß ich. Sorry.«

Ich lasse meinen Blick von einem zum anderen wandern. Als ob ich nicht sicher wäre, ob ich meinen Augen trauen kann. Vielleicht sehe ich nach dem Schlag auf die Nase doppelt?

»Das ist sehr … gut«, sage ich.

»Ach, ja, vielleicht. Meinst du wirklich?«

Ich zähle zwölf Personen. Zwölf, die gekommen sind, um bei der Aufräumaktion mitzumachen. Bei meiner Aufräumaktion. Und als ich gerade mit Zählen fertig bin, kommen noch zwei dazu. Sechzehn mit mir und Oma. Ich weiß ja nicht viel über solche Aktionen, aber ich glaube, das ist ganz schön gut.

»Und dann … wo du heute Geburtstag hast und überhaupt, haben wir das hier für dich besorgt. Oder … also, ich hab das gemacht. Aber es ist von uns allen zusammen.«

Er reicht mir ein in Zeitungspapier gewickeltes Paket.

»Hatte das Geschenkpapier verkramt«, erklärt er. »Jetzt pack schon aus.«

Während ich auspacke, stimmen sie die schrägste Version aller Zeiten von »Happy Birthday« an. Es ist ein Fahrradschloss. Mit Schlüssel.

»Tausend Dank! Das ist ja total nett«, sage ich und kann ihnen einfach nicht sagen, dass ich kein Fahrrad habe.

»Ich dachte, so was wär gut, wenn man hier wohnt«, sagt Geir. »Hier lassen sie deine Sachen ja nie in Ruhe.«

»Das ist sehr schön.«

»Ja, und dann ... ja, das steht draußen.«

»Was steht draußen?«

»Das Schloss allein reicht doch nicht.«

Wir gehen hinaus, und da steht ein Fahrrad. Es sieht nicht ganz neu aus, aber fast.

»Ich hab die Rahmennummer selbst weggefeilt«, flüstert Geir. »Aber das Schloss hab ich im Laden gekauft.«

Ich weiß nicht, ob ich ihm die Hand geben oder ihn umarmen soll, deshalb tu ich keins von beidem. Jemand hat sein Fahrrad verloren. Ich habe ein Fahrrad bekommen. Plötzlich merke ich, dass ich das Fahrradschloss an mich drücke.

»Das hast du verdient«, sagt Geir. »Kein Mensch hier im Haus hat je so was wie die Aufräumaktion versucht. Aber jetzt sollten wir mal anfangen. Hier ist viel zu tun.«

»Äh, ja, und das hier ist meine Oma, Ragna. Sie übernimmt die Einsatzleitung«, sage ich und zeige auf Oma, die in der Wohnungstür steht und ein bisschen nervös aussieht.

Es dauert aber nicht lange, bis Oma ihre Nervosität überwunden hat und die Leute herumkommandiert. Die einen werden in den Keller geschickt, die anderen auf den Dachboden, drei übernehmen das Treppenhaus. Wir bräuchten einen Container, aber stattdessen legen wir den ganzen Schrott bei den Mülltonnen ab. Am Montag werde ich mit meinem funkelnagelneuen Handy bei der Müllabfuhr anrufen und fragen, ob sie den abholen können.

»Die Leute sind ja totale Schweine«, sagt Geir, als er mir einen Eimer mit ganzen und zerbrochenen Spritzen zeigt.

Jetzt ist es ja nicht so, dass nur Junkies und schräge Typen hier im Haus wohnen. Bei unserer Aufräumaktion sind auch ganz normale Leute dabei – wie die Somalierin, die kurdischen Jugendlichen oder der Mann in Omas Alter, der uns erzählt, dass er schon mit zwanzig hier eingezogen ist. Außerdem sind da welche, die Methadon nehmen, wie Geir erzählt. Das ist offenbar eine Art Stoff für Leute, die vom Heroin wegwollen.

Angeblich zählt ja der Einsatz. Ein Mann mit eingeknickten Knien putzt immer wieder eine bestimmte Stelle bei den Briefkästen. Eine Frau in engen Jeans fragt die ganze Zeit, wo sie den »ganzen Scheiß« ablegen soll, aber sie bringt nie irgendwas weg.

Wir machen über zwei Stunden lang so weiter. Jemand hat sogar einen Farbeimer im Keller gefunden und übermalt die Tags an den Briefkästen. Es ist noch immer nicht das schönste Haus in der Stadt, aber jemand sagt, dass »man jetzt fast Lust kriegt, nach Hause zu gehen«.

Danach bedanke ich mich bei allen, indem ich ihnen die Hand gebe, und dann schiebe ich mein Fahrrad ein wenig durch die Straßen. Ich würde mich gern daraufsetzen und losstrampeln, aber ich glaube, Fahren lernen muss ich an einem anderen Tag.

Sieht man die Welt mit neuen Augen, wenn man Teenager geworden ist? Es kommt mir erwachsen vor, eine Aufräumaktion zu organisieren und danach allen die Hand zu geben. Aber eigentlich können doch nur kleine Rotzgören nicht Fahrrad fahren.

Ich glaube, ich bin ein bisschen gespalten. Ich glaube, damit kann ich leben.

Als ich nach Hause komme, hat Oma den Schokoladenkuchen gebacken, den Mama geplant hatte. Er schmeckt noch besser, wenn Oma ihn macht, denn sie hat alle Zutaten gekauft. Nach der Aufräumaktion und der Radtour könnte ich wahrscheinlich den ganzen Kuchen essen, aber ich lasse ein bisschen Platz für das Abendessen.

»Macht es dir was aus, ein paar Tage bei mir zu wohnen?«, fragt Oma.

»Weißt du, wie weit es dann zur Schule ist?«, frage ich mit dem Mund voll Kuchen. »Und zum Training?«

»Da hast du natürlich recht. Und nach der Schule triffst du dich vielleicht noch mit Freunden …«

»Ich habe keine Freunde.«

»Keine Freunde?«

»Ich will von jetzt an ehrlich sein. Du sollst genau wissen, wie es bei mir aussieht.«

»Ehrlichkeit ist … nur ein bisschen ungewohnt. Aber ich habe ja Gudleik, und der muss gefüttert werden und …«

»Du kannst den Papagei doch mit herbringen, jetzt, wo Mama nicht da ist.«

»Ja … ja, das kann ich.«

Es ist nicht schwer zu sehen, dass Oma lieber nicht hier wohnen würde. Sie schaut sich um, sieht die Zeitschriftenstapel an, die Kleider, zwei Kartons, von denen ich nicht einmal weiß, was darin ist. Jemand ruft irgendetwas im Treppenhaus.

»Die meisten, die hier wohnen, sind nett, sicher über neunzig Prozent«, sage ich und bereue das gleich wieder.

Auch wenn nur zehn Prozent der Hausbewohner gemein sind, dann ist das doch kein Haus, wo man sein möchte. Aber es ist eben die Wahrheit. Einmal haben wir zwei Minuten die Einkaufstüten vor der Tür stehen lassen, und als wir sie holen wollten, hatte sie jemand gestohlen. Mama ist im Treppenhaus von einem Typen bedroht worden, und die Polizei kommt so oft, dass ich ihnen einmal vorgeschlagen habe, sich doch gleich hier in einer freien Wohnung ein Büro einzurichten.

»Neunundneunzig Prozent«, erhöhe ich, eine kleine Notlüge muss erlaubt sein. »Neunundneunzigeinhalb.«

»In Ordnung, Bart. Ich kann ein paar Tage hier wohnen. Aber wenn die Mama lange im Krankenhaus bleiben muss, müssen wir überlegen, ob wir nicht doch zu mir ziehen. Einverstanden?«

»Yes! Du kannst mein Bett haben, und ich schlafe auf dem Sofa.«

»Das ist lieb von dir.«

Nach dem Essen fahren wir zu Oma und holen Gudleik. Im Bus fragt er immer wieder: »Wo ist meine Unterhose?« Die anderen Fahrgäste lachen.

»Ich begreife einfach nicht, wo er das herhat«, sagt Oma, und ihr Gesicht nimmt einen ungewohnten Rotton an.

Gudleik dagegen fragt: »Macht mich das hier dick?«

Ich weiß nicht, wie ich den Abend beschreiben soll. Natürlich fehlt Mama mir. Jetzt, wo nichts anderes passiert, muss ich die ganze Zeit an sie denken. Ich habe tausend Fragen, aber Oma kann sie nicht beantworten. Die meisten kann niemand beantworten. Solche Fragen sind ganz schön nervig.

Ich werde verlangen, dass die Ärzte sie gesünder machen, als sie war. Und dann werde ich verlangen, dass Mama sich zusammenreißt. Höre ich mich streng an, wenn ich so etwas denke?

Ich sitze auf dem Sofa und sehe mir eine Serie an, die Gudleik die ganze Zeit mit »Das Kleid macht sie hässlich« kommentiert.

»War das ein seltsamer Geburtstag?«, fragt Oma.

»Abgesehen von der Sache mit Mama war der ziemlich …«

Das Wort »gut« bleibt irgendwo unterwegs hängen. Wie kann ein Tag, an dem meine Mama im Krankenhaus landet, denn gut sein?

»Der war seltsam«, sage ich dann.

»Es kommen bessere Geburtstage«, tröstet Oma.

»Ich habe meine erste SMS verschickt.«

»An wen?«

»An ein Mädchen aus meiner Klasse, das kein Geheimnis für sich behalten kann.«

Ich habe ja gesagt, dass ich Oma gegenüber ehrlich sein wollte. Adas Nummer habe ich im Internet gefunden, und für den Text habe ich eine halbe Ewigkeit gebraucht: *Hab zum Geburtstag ein Handy bekommen. Jetzt kann ich Vorwarnungen kriegen. Bart.*

»Magst du sie denn leiden?«

»Wir leben in zwei total verschiedenen Welten. Es ist schon seltsam, wenn diese Welten einander begegnen.«

»Gegensätze ziehen sich an, weißt du.«

»Wir sind nur Freunde. Oder jedenfalls glaube ich das. Ich muss das noch genauer herausfinden …«

»Wie romantisch, Bart.«

Omas können manchmal ganz schön nerven. Gudleik sagt mal wieder, dass er seine Unterhose sucht.

Ich gehe aufs Klo und singe. Obwohl Oma gleich draußen sitzt, klingt es genauso gut wie am Morgen. Als ich herauskomme, klatscht sie und umarmt mich so fest, dass es in meiner Nase sehr wehtut.

»Du hast wirklich eine fantastische Stimme.«

»Danke.«

»Ich bin so stolz auf dich.«

»Danke.«

»Du bist einfach …«

»Das reicht jetzt.«

Das Telefon lässt eine Art Schluckgeräusch hören. Ada schreibt: *Cl. Wsaps? Ws dnkst ü somrfst?«*

Ich schätze mal, *somrfst* bedeutet Sommerfest und kein Rülpsgeräusch. Heute habe ich keine einzige Sekunde daran gedacht. Ich habe mir nicht einmal überlegt, was passieren wird, wenn August und seine Kumpels den anderen erzählen, was am Wochenende passiert ist.

Etwas ist passiert, schreibe ich an Ada.

Oma scheint meine Gedanken zu lesen, denn sie fragt: »Willst du morgen lieber nicht in die Schule gehen?«

Jetzt klinge ich sicher wie ein Feigling, aber ich nicke vorsichtig.

»Wir können zum Krankenhaus fahren«, sagt Oma.

Es hilft nichts, Dinge aufzuschieben, aber im Moment glaube ich, dass ich eine kleine Pause brauche, am liebsten eine von einigen Jahren.

»Von mir aus.«

Im nächsten Augenblick kommt mir eine Idee. So eine, die auftaucht, wenn man am wenigsten damit rechnet.

Erzähl ich später, antworte ich Ada. *Aber ich werde doch beim Sommerfest auftreten :)*

»Ich muss morgen zum Training«, sage ich zu Oma.

»Mit der Nase?«

»Das ist wichtig.«

Das Dumme bei Ideen ist, dass der Schlaf darunter leiden kann. Außerdem schnarcht Oma in einer ganz anderen Tonart als Mama. Und Mama hat Senken ins Sofa gelegen, in die ich nicht richtig reinpasse.

Zum Glück hält Gudleik den Mund, sowie Oma eine Decke über seinen Käfig legt.

Als Oma mich weckt, bin ich zum Umfallen müde. Aber der Frühstückstisch läuft fast über, und Gudleik sagt: »Das ist der beste Tag in deinem Leben.«

Oma hat im Krankenhaus angerufen und kann erzählen, dass Mama wach ist, aber noch sehr schwach.

»Wir können Blumen mitnehmen«, sage ich.

»Ja.«

»Wenn wir uns das leisten können, meine ich.«

»Klar können wir das.«

Oma ist keine normale Rentnerin. Sie hat Mama bekommen, als sie noch ziemlich jung und noch immer mit Opa zusammen war. Den habe ich nicht kennengelernt, angeblich ist er nach Schweden ausgewandert, weil der Schnaps da billiger ist. Oma bekommt eine Krankenrente, weil sie oft Schmerzen hat und schnell müde ist. Sie hat viele Jahre in einem Kiosk gestanden und Krebs verkauft. Das sagt sie jedenfalls selbst. Meistens dann, wenn sie gerade eine raucht.

Ich habe Mama schon häufiger im Krankenhaus besucht, aber sie hat noch nie im Koma gelegen. Es ist ein seltsames Gefühl, in einem zerknitterten Hemd und meiner guten Hose in der Straßenbahn zu sitzen. Als ich ihr Zimmer betrete, riecht es sauber und seltsam, und Mama scheint zu schlafen. Da sie ganz still ist, glaube ich für einen Moment, dass sie tot ist, aber als ich ihren Arm berühre, merke ich, dass der warm ist. Oma geht nach draußen, um eine Blumenvase zu suchen. Mama wacht nicht auf, obwohl Oma die Metallvase auf den Boden fällt.

»Wir gehen jetzt zu Mamas Arzt«, sagt sie dann.

Der Arzt sitzt in einem engen Sprechzimmer und sagt eine Menge, aber ich bin nicht sicher, ob ich das verstehe. Mama muss ihr Leben ändern. Sie muss gesünder essen und abnehmen. Sie muss Sport treiben oder sich jedenfalls sehr viel mehr bewegen. Sie muss ihre Medikamente regelmäßiger nehmen. Aber das Wichtigste ist, dass sie das senkt, was der Arzt ihren »Alkoholkonsum« nennt.

»Sie darf sich nicht so oft betrinken«, sage ich.

»Oder … am besten gar nicht«, sagt der Arzt. »Wenn sie trinkt, kann das hier wieder passieren. Und das könnte fatal sein.«

»Fatal?«

»Sie könnte sterben.«

Der Arzt sieht Oma an und fragt: »Wohnt er bei Ihnen?«

»Nein, ich wohne bei ihm.«

»Ich meine, normalerweise. Haben Sie die Sorgeberechtigung?«

»Nein, er wohnt bei seiner Mutter.«

»Ach so.«

Der Arzt macht sich ein paar Notizen. Ich darf auch Fragen stellen, aber plötzlich habe ich nicht mehr so viele. Jedenfalls keine, die der Arzt beantworten kann.

Danach, als wir an Mamas Bett sitzen, kommt mir Oma ein bisschen gestresst vor.

»Sie schläft nur«, erkläre ich, denn vielleicht glaubt sie ja, dass Mama noch im Koma liegt.

»Ich weiß. Ich dachte nur … ich glaube, er wird sich ans Jugendamt wenden.«

»Der Arzt?«

»Ja.«

Wir hatten schon mal Besuch vom Jugendamt. Mama kann diese Leute nicht leiden. Aber ich glaube, sie geben sich alle Mühe. Deshalb bin ich immer besonders fröhlich, wenn sie kommen. Das letzte Mal ist jetzt sicher ein ganzes Jahr her.

Als wir das Krankenhaus verlassen, kommt eine SMS von Ada: *Wassap? Bstu z Hs?*

Offenbar fragt sie, ob ich zu Hause bin.

Ich bin krank, schreibe ich. Ich sehe mir den Text an und beschließe dann, das »ich bin« zu löschen und »Mama ist krank« zu schreiben.

MEIN ZEHNTES KAPITEL

Beim Boxen gehe ich zuerst zum Trainer. Er betrachtet meine Nase aus verschiedenen Winkeln.

»Was ist passiert?«, fragt er.

»Ich schlage jetzt.«

»Hast du getroffen?«

Ich schüttele den Kopf.

»Ist es in Ordnung, wenn ich ein paar von den anderen frage, ob sie bei einer Boxvorführung bei mir in der Schule mitmachen wollen?«, frage ich.

»Einer Vorführung?«

»Einer Art Schaukampf. Das kann doch eine gute Reklame für das Boxen sein.«

»Ich weiß nicht, ob das Boxen Reklame braucht.«

»Aber ich brauche Reklame. Für mich. Sonst muss ich singen, und ich kann nicht singen … jedenfalls nicht auf dem Sommerfest.«

Der Trainer denkt nach. Er ist offenbar nicht überzeugt.

»Ich dachte, ich könnte Zitate von Muhammed Ali vorlesen, während die anderen die edle Kunst des Boxens vorführen. Und ich könnte was über die Geschichte des Boxens erzählen.«

»Das ist vielleicht nicht so dumm.«

»Und ich möchte den anderen erzählen, was ich so mache. Ich stelle mir irgendwie vor, dass die mir nichts mehr tun werden, wenn sie sehen, mit was für tollen Boxern ich befreundet bin.«

Der Trainer sieht mich forschend an.

»Hat das etwas mit der Nase zu tun?«

»Vielleicht.«

»Komm, dann fragen wir die anderen.«

Die anderen sagen nicht sofort Ja. Muhammed Ali und die Geschichte des Boxens interessieren sie nicht so wie den Trainer. Aber als ich erzähle, dass es eigentlich um mich geht, sagt Christian sofort: »Klar tun wir das. Die sollen Bart in Ruhe lassen.«

Es stellt sich heraus, dass nur Christian und Robert können, aber eigentlich ist das doch ganz perfekt.

»Saugut«, sage ich.

Ich brauche wegen der Nase heute nicht zu trainieren. Dennoch bleibe ich sitzen und sehe den anderen zu. Ich hab irgendwo gelesen, dass man so an die zehntausend Stunden braucht, um in einem Sport wirklich gut zu werden. Ich rechne aus, dass ich bisher vierzig Stunden geboxt habe. Und ich habe gerade erst angefangen zu schlagen. Das macht dann noch neuntausendneunhundertsechzig Stunden, bis ich vielleicht bei den norwegischen Meisterschaften mitmachen kann.

Schon jetzt habe ich eine gebrochene Nase, ein Veilchen und Ohrensausen.

Es kann sein, dass ich vielleicht Lust bekomme, die neuntausendneunhundertsechzig Stunden zu etwas anderem zu verwenden. Mit Opernsängerwanst in altmodischen Kostümen? Das kann ich mir auch nicht vorstellen. Vielleicht werde ich etwas, wo man überhaupt nicht üben muss, um gut zu werden. Postbote?

Auf dem Heimweg singe ich. Nicht mit Geräuschen, sondern mit heftigen Mundbewegungen und dem ganzen Körper. Ich sehe sicher aus wie ein Verrückter, aber auf diesem Weg begegne ich nur selten Leuten, die ich kenne. Ich drehe die Musik so laut, dass es mir in den Ohren scheppert. Ich stehe auf der Fußgängerbrücke, schaue auf die Stadt und halte den Ton lange, lange.

Danach bin ich müde, obwohl ich weder meine Stimme benutzt noch trainiert habe. Ich liege vor dem Fernseher und glotze eine Sendung über Leute mit seltsamen Krankheiten. Egal, wie schlimm alles ist, es gibt immer noch welche, denen es schlechter geht. Obwohl ich nicht will, dass es irgendwem schlecht geht, ist das auch wieder ganz gut.

»Müssen wir uns das da ansehen?«, fragt Oma.

»Heute Abend müssen wir.«

Das Schultor könnte auch der Eingang zur Hölle sein. Einen Schritt hinein, und jemand mit Horn und Schwanz kippt mir immer wieder Wasser über die Hose und taucht mich in heiße Quellen. Heute wird hier vermutlich kaum etwas Angenehmes passieren, aber ich kann ein Lächeln doch nicht unterdrücken, als Ada auf mich zukommt.

»Schön dich zu sehen«, sagt sie und bleibt stehen. »Was ist denn passiert …?«, fragt sie und fasst sich an die Nase.

»Bin gegen … oder nein, ich bin nicht gegen etwas gestoßen. August hat sie mir gebrochen.«

»Warum das denn?«

»Er ist mit Gabriel und Johnny bei mir zu Hause aufgetaucht und wollte sehen, wo ich wohne und ob meine Mutter so fett ist, wie alle behaupten.«

»Was?! Das haben sie gemacht?«, fragt Ada mit lauter Stimme.

»Und ich wollte August eine scheuern, weil er solche Gemeinheiten über meine Mutter gesagt hat, aber dann hab ich nur Luft getroffen. Aber er nicht.«

Ada sucht nach Worten und atmet gestresst, kneift die Augen zusammen, und ihr Blick irrt umher. So als ob sie traurig, wütend und verzweifelt zugleich wäre.

»A-aber …«, stottert sie.

»Ja, das ist ein Mist.«

»Kann ich irgendwas tun? Irgendwie ist es ja meine Schuld.«

Eigentlich ist das eine gute Frage. Ada ist drinnen. Niemand würde je auf die Idee kommen, sie zu quälen. Wenn ich ihre Hand halten und ihr vielleicht einen Kuss auf die Wange geben könnte, würde mich das vielleicht eine Liga höher bringen. Ich kann natürlich keine so blöde Bitte aussprechen. Aber dann taucht in meinem Kopf eine andere Idee auf. Eine, die mir zuerst gemein vorkommt. Aber je mehr ich darüber nachdenke, umso mehr finde ich, dass sie genau richtig gemein ist – und absolut gerechtfertigt.

Wenn sie funktioniert.

»Kannst du ein Gerücht ausstreuen?«, frage ich.

»Sicher.«

»Kannst du sagen, dass meine Mutter im Krankenhaus liegt?«

»Du meinst, ich soll einfach sagen … deine Mutter liegt im Krankenhaus? Soll ich auch sagen, warum?«

Ich überlege.

»Sag, dass August sie die Treppe runtergestoßen hat.«

»Wie jetzt? Hat er das echt getan?«

»Gerüchte sind nie ganz wahr. Meine Mutter liegt im Krankenhaus, aber nicht, weil August sie gestoßen hat. Das schafft sie schon selbst. August wird sicher über die Sache mit meiner Nase protzen, aber vielleicht nicht so sehr, wenn Gerüchte behaupten, dass er Mütter Treppen runterstößt.«

Ada lächelt.

»Du bist ganz anders als die anderen, Bart. Ich glaube, du bist …«

»Gemein?«

»Nein, du bist nur anders.«

»Ist anders gut?«

»Besser als gemein.«

Ada geht los, um das Gerücht auszustreuen, und jetzt stehe ich allein auf dem Schulhof. Alle, die an mir vorbeikommen, starren mein Gesicht an, als ob ich hier ausgestellt wäre. Ich lasse sie starren. Bald werden sie sich daran gewöhnt haben, dass mir ein riesiges Pflaster mitten in der Visage sitzt. Aber im Moment ist es eine Sensation.

Es klingelt, und ich trotte zum Klassenzimmer. Als der Lehrer hereinkommt, entdeckt er mich sofort. Die Fragen sind leicht und vorhersagbar. Was ist passiert? Hat dich jemand geschlagen?

Alle in der Klasse wissen, dass es gelogen ist, als ich antworte, dass ich von der Leiter gefallen bin, als ich auf der Deckenlampe Staub wischen wollte.

»Bist du sicher, dass du in der Schule sein solltest? Denn deine Großmutter hat angerufen und gesagt, dass deine Mutter im Krankenhaus liegt.«

Ich sehe die Reaktionen um mich herum. Für die anderen in der Klasse bestätigt es das Gerücht, dass August Mama gestoßen hat.

»Das ist schon in Ordnung. Ich geh sie nachher besuchen.«

»Aber«, beginnt der Lehrer. »Aber du kannst doch singen, oder?«

»Ja, das ist kein Problem.«

Ich habe den Eindruck, dass er erleichtert aufatmet.

»Schön. Das ist gut. Fein. Super. Und ich hoffe, deiner Mutter geht es bald besser. Du kannst sie von mir grüßen. Oder sicher von uns allen.«

»Wird gemacht.«

Die Pause ist ganz anders als andere Pausen. Zwei Mädchen, die ich nur vom Sehen kenne, kommen zu mir und fragen, wie es mir geht. Ich kann mich zwischen »gut« und »schlecht« nicht entscheiden, deshalb sage ich, dass ich ziemliche Schmerzen habe.

Kleine Stiche von schlechtem Gewissen stellen sich ein, wenn ich zu August hinüberschaue. Er hat den Tag als Mittelpunkt und Superschläger angefangen, aber jetzt steht er mit leerem Blick da und hat die Hände tief in die Hosentaschen gebohrt. Ein Gerücht zu verändern ist, wie gegen den Wind zu blasen.

Vielleicht hat er Angst, ein Lehrer könnte ihn zum Rektor schicken. Oder ein Streifenwagen könnte auf dem Schulhof halten. Ich weiß nicht, ob er den Verdacht hat, dass das Gerücht von mir stammt. Er schaut ab und zu in meine Richtung, kommt aber nie zu mir herüber.

»Es klappt.«

Das ist Adas Stimme. Sie steht jetzt hinter mir.

»Danke.«

»Das ist doch das Mindeste.«

Dann erzähle ich ihr von meinem Plan für das Sommerfest, auch wenn ich nicht weiß, ob sie irgendetwas für sich behalten kann. Aber ich brauche einfach eine Reaktion.

»Das klingt wie eine gute Idee.«

»Meinst du wirklich?«

Sie nickt, überlegt und lächelt, ohne ihre Zähne zu zeigen.

»Aber ich fände es doch schöner, wenn du singen könntest.«

Nach der Schule fahre ich mit Oma zum Krankenhaus. Mama sitzt im Bett und isst ein Stück Brot.

»Mein Junge!«, ruft sie mit vollem Mund und streckt mir die Arme entgegen.

Ihre Hände schweben fast über dem Bett. Ich setze mich zu ihr, und wir umarmen uns eine Weile. Sie streichelt meinen Rücken auf die richtige Weise und flüstert mir schöne Sachen ins Ohr.

»Möchtest du den Rest von meinem Butterbrot?«, fragt sie danach.

»Nein, danke, das brauch ich nicht.«

Sie will wissen, wie es heute in der Schule war. Ob ich meine Aufgaben gemacht habe. Ob ich nach der Schule etwas vorhabe. Ob ich irgendwas im Fernsehen sehen will. Solche Fragen, die sie sonst nur selten stellt. Dann wird es still. Das Zimmer ist weiß und ordentlich. Mama hat so was Ähnliches wie ein Nachthemd an und sieht damit ein bisschen komisch aus. Oma geht aufs Klo, und Mama und ich bleiben in der Stille zurück. Das Fenster steht auf Kipp, und die Sonne beleuchtet das halbe Zimmer. Ich könnte etwas über das Wetter sagen.

»Du, Bart«, setzt Mama an.

Sie will etwas Wichtiges sagen. Vermutlich etwas über Veränderung. Etwas, das sie unmöglich für sich behalten kann.

»Schönes Wetter heute«, sage ich ganz schnell.

»Äh, ja, aber du …«

»Irgendwie wird es gerade jeden Tag wärmer.«

»Hör mal, Bart.«

»Ich hab jetzt ein Fahrrad.«

»Du hast jetzt ein Fahrrad?«

»Ja, weil ich die Aufräumaktion organisiert habe. Und jetzt brauch ich nur noch Rad fahren zu lernen.«

Und dann erzähle ich von der Aufräumaktion. Wie viele gekommen sind und dass Oma die geborene Einsatzleiterin war. Mama lächelt mich an.

»Ich weiß, dass es nicht so weitergehen kann«, sagt sie. »Es hat mir wirklich Angst gemacht, dass das hier passiert ist. Jetzt muss ich operiert werden, weil … ja, also, ich muss jedenfalls operiert werden. Damit ich gesünder werde. Und dünner.«

Ich schaue aus dem Fenster. Im Baum sitzt ein Vogel. Ein Spatz oder eine Amsel oder so, ich bin mir da nicht sicher.

»Ich muss aufhören zu trinken, Bart.«

Meine Augen verlassen die Vögel, und ich schaue mitten in Mamas großes Gesicht.

»Musst du ganz aufhören?«

Mama hat in den vergangenen Jahren sehr viel versprochen, aber das hier nicht. Sie hatte immer einen guten

Grund für einen Ausflug in die Kneipe. So einen Grund von der Art, die sich am Tag danach vielleicht nicht mehr ganz so gut anhört.

»Ich muss ganz aufhören. Darf mich nie wieder betrinken.«

Ich habe nie gehört, dass sie das Wort »trinken« in einem anderen Zusammenhang benutzt hat als mit Milch oder Saft. Und von »betrinken« war bestimmt noch nie die Rede.

»Ich weiß, dass ich manchmal mehr verspreche, als ich halten kann. Aber du brauchst eine Mama, die … am Leben ist.«

»Ja, das wäre schon besser so.«

Mama ist leck. Die Tränen kullern ihr über die Wangen, und ich suche etwas, womit ich sie abwischen kann. Am Ende nehme ich den Bettbezug.

»Du hast eine bessere Mama verdient, Bart.«

»Ich bin mit der Mama zufrieden, die ich habe.«

»Das ist nett gesagt, Bart. Aber ich müsste alles besser machen. Und das werde ich auch.«

»Da sitzt ein Vogel auf dem Baum«, sage ich und zeige darauf.

»Das verspreche ich.«

»Jetzt ist er weggeflogen.«

Ich sitze zu Hause auf dem Sofa und denke darüber nach, wie blöd es ist, Dinge zu versprechen, die man unmöglich halten kann. Als jemand im Fernsehen darüber redet, in die Hose zu pissen, um warm zu bleiben, denke ich an Mama. Nicht, dass sie sich in die Hose pisst, aber sie hat so oft Sachen versprochen, die sie dann nicht halten konnte. Wird sie es diesmal wirklich schaffen? Ich beschließe, ihr zu glauben. Kein Mensch ist ja wohl so blöd, etwas zu tun, wovon er dann sterben kann. Schon gar nicht meine kluge, feine Mama.

Aber wenn sie dieses Versprechen nicht hält, dann gehe ich. Ich weiß nicht, wohin, aber dann gehe ich. Da bin ich mir fast ganz sicher.

»Du siehst nachdenklich aus«, sagt Oma.

Ich stehe auf und schaue ihr ins Gesicht. Dann fange ich an zu singen. Es kommt ganz tief aus meinem Bauch. Der Ton schwebt durch das Zimmer, dann platzt er und schneidet plötzlich durch Mark und Bein.

Gudleik ruft: »Jetzt sterb ich, jetzt sterb ich!«

Ich gehe nicht aufs Klo, stattdessen stürze ich aus der Wohnung und höre, wie Oma meinen Namen hinter mir herruft. Auf der Treppe sitzt Geir und ist mit etwas beschäftigt, das er zu verstecken versucht, als er mich kommen sieht.

»Hallo, Junge«, sagt er, während etwas aus seiner Hand rutscht und auf die Treppenstufe fällt.

Eine Spritze kullert zur untersten Stufe hinunter. Die Nadel steckt in einer Art Etui aus Plastik. Geir schaut zu mir auf, ehe er sie in die Tasche steckt. In der anderen Hand hat er einen Teelöffel und ein Feuerzeug.

»Kann 'n Wohnungsschlüssel nich finden, weiße. Bin 'n bisschen verzweifelt.«

Ich setze mich neben ihn.

»Ich bin auch ein bisschen verzweifelt«, sage ich.

»Desperado, oh, you ain't gettin' no younger«, singt Geir. *»Your pain and your hunger, they're drivin' you home. And freedom, oh, freedom well, that's just some people talkin'. Your prison is walkin' through this world all alone.«*

Er hat keine besondere Stimme, aber sein Gesang sorgt hier im Treppenhaus für eine eigene, schöne Stimmung.

»Die Eagles find ich super«, erklärt er.

»Ich weiß nicht, ob ich die mag. Ich kenn die ja nur von dir.«

»Doch, auf Platte sind die besser. Wie geht's mit dem Radfahren?«

»Wollte das Rad heute Abend mal 'ne Runde schieben.«

»Schieben?«

»Ich kann nicht Radfahren.«

»Ach, verdammt. Das musste aber lernen, Junge.«

»Ja, vielleicht.«

»Du brauchst einen Papa, du.«

Stimmt. Ich kann mir irgendwie nicht vorstellen, wie Mama oder Oma mit der Hand auf dem Gepäckträger hinter mir herlaufen.

»Weißt du, wo man so einen bestellen kann?«, frage ich.

Geir lächelt mit verfaulten Zähnen. »Nein, aber wenn du ein gutes Angebot findest, dann möchte ich auch einen.«

»Ich glaube übrigens, meiner war im Irakkrieg und ist verletzt worden.«

»Ach, echt?«

»Hat offenbar beide Beine verloren.«

»Himmel. Das ist aber schlimm.«

Geir kennt auch einen, der seine Beine verloren hat. Aber daran war nicht der Krieg schuld. Da hatten sich irgendwelche Wunden entzündet. Und damit hat unser Gespräch sozusagen angefangen.

Es springt zwischen allem Möglichen hin und her, aber wir halten immer den Mund, wenn jemand vorübergeht. Wann ein Polizist in Ordnung ist oder wie man im Laden am besten klauen kann oder was eigentlich gute Musik ist. Über so was reden wir.

Geir trägt ein verschlissenes T-Shirt mit der Aufschrift »All rumours are true«. Immer wieder kratzt er sich nervös an Hals und Oberschenkeln.

»Weißt du, was das Geheimnis ist, wie man im Leben hier so richtig gut zurechtkommt?«, fragt er plötzlich.

»Nein.«

»Ich auch nicht.«

MEIN ELFTES KAPITEL

Am nächsten Morgen habe ich eine Mail aus den USA. Zuerst habe ich Angst, es könnte so eine automatische Mail sein, wie: »Wir antworten, wenn wir irgendwann mal Lust haben.« Ich öffne sie erst nach einer Weile. Denn was, wenn es doch die Mail ist, auf die ich warte?

Ich drücke vorsichtig auf die Maus.

Dear Bart.
We have been in touch with Mr. John Jones and are sorry to inform you that he has never been to Norway and is most sure he is not your father. John Jones is a very common name in the United States.
We wish you the best of luck in the search for your father.
Yours sincerely
Joshua Adams
Publishing assistant

PS: Happy birthday!

Irgendwo ist Papa, und er hat noch immer beide Beine. Ich bin eigentlich froh darüber, dass er nicht für den Rest seines Lebens auf Prothesen herumhumpeln muss. Ich google wieder John Jones und lese ein bisschen was über den heiligen John Jones, der im sechzehnten Jahrhundert gelebt hat, ehe ich plötzlich auf eine Seite mit Kontaktinfos über einen John Jones stoße, der in Norwegen wohnt, und sogar nur einige Stadtteile von uns entfernt. Was, wenn Papa nach Norwegen zurückgekommen ist, um seinen verschollenen Sohn zu suchen? Kurz darauf habe ich im Telefonbuch auch die Telefonnummer gefunden, denn Namen und Adresse habe ich ja nun.

Ich weiß. Es ist einfach blöd zu hoffen. Dennoch kann ich es nicht lassen. Irgendwie ist es ein wenig wie bei Geir, wenn er einfach einen kleinen Schuss Heroin haben muss und es ein unglaublich gutes Gefühl ist, auch wenn er eigentlich doch nur aufhören will. Im Fernsehen haben sie gesagt, dass manche von Natur aus leichter abhängig werden als andere. Sie trinken. Nehmen Drogen. Spielen. Oder suchen Papas. Davon war allerdings nicht die Rede. Trotzdem bin ich ganz sicher, dass es auf der Liste stehen müsste.

Sagen wir, ich überprüfe dreihundertfünfundsechzig John Jonese im Jahr. Jeden Tag einen möglichen Papa. Das macht in den nächsten zehn Jahren dreitausendsechshundertfünfzig, und bis ich dreiunddreißig bin dann siebentausenddreihundert. Ich habe keine Ahnung, wie viele John Jonese es auf der Welt gibt, aber mit dem Namen finde ich bei Google genug Treffer, um ein sehr großes Land zu bevölkern. Mama hat gesagt, sie hätten sich in Oslo kennengelernt – wenn ich also eine Liste der John Jonese hätte, die mal in Oslo waren, wäre die Suche viel leichter. Vielleicht könnte ich mir von Mama so ein Phantombild machen lassen und die Zeichnung bei Facebook herumschicken?

Ich verlasse das Klo und wähle mit total gestressten Fingern die Nummer. Mein Herz hämmert ganz schön wild.

Es klingelt, bis sich ein Anrufbeantworter einschaltet und jemand Norwegisch mit dickem amerikanischen Akzent spricht. Die Stimme kommt mir irgendwie bekannt vor. Als ob sie meine sein könnte, nur eben erwachsen.

Ich werde John Jones nach der Schule anrufen.

»Ich hab dir etwas extra Gutes zu essen eingepackt«, sagt Oma und streichelt meinen Kopf.

»Danke.«

Im Treppenhaus öffne ich meine Proviantdose, und neben zwei Broten und einer Banane finde ich drei gefüllte Kekse. Ich würde am liebsten zurücklaufen und Oma umarmen, aber in nur neuneinhalb Minuten fängt die Schule an.

Vielleicht sollte ich gleich aufgeben. Mädchen kann man einfach nicht verstehen. Ich vermute, später im Leben wird das auch nicht leichter. Ada wartet am Schultor auf mich. Als ob ich jemand wäre, auf den man wartet.

»Warum hast du nichts gesagt?«, fragt sie.

»Gesagt?«

»Du gehst doch sicher ins Konzert?«

»Ins Konzert?«

»Ja, er singt doch heute Abend hier in der Stadt.«

Ich habe wirklich keine Ahnung, was sie meint, und ich sehe sie nur fragend an.

»Der, den du mir vorgespielt hast. Brinn Teufel oder wie der noch heißt.«

»Hä? Bryn Terfel?«

»Und ich weiß, in welchem Hotel er wohnt«, sagt sie mit triumphierendem Lächeln.

»Hotel?«

Ich versuche wirklich zu kapieren, was hier los ist. Denn ich bin ja nicht blöd, mein Gehirn ist nur ein bisschen eingerostet. Heute Abend singt Bryn Terfel. Hier in der Stadt. Ada weiß ganz schön viel, das ich nicht weiß. Aber warum redet sie über sein Hotel?

»Bestimmt kommen nicht so viele Fans in sein Hotel. Oder was meinst du?«, fragt sie.

»Woher weißt du, wo er wohnt?«

»Mein Vater ist Direktor bei der Hotelkette.«

»Ach so.«

»Sollen wir schwänzen?«

Ich sehe sie an. Vermutlich habe ich den dümmsten Blick aller Zeiten. Aber ich versuche wirklich, über diesen Vorschlag nachzudenken. Ich finde keine vernünftige Antwort. Jedenfalls nicht, ehe ich zusammen mit Ada durch die Straße laufe. Denn dann denke ich, dass man Mädchen einfach unmöglich verstehen kann und dass ich es lieber gar nicht erst versuchen will.

»Wo ist deine Schultasche?«, frage ich, als wir atemlos wieder loslaufen.

»Zu Hause.«

»Hast du das hier geplant?«

»Niemand wird dich je fragen, wo du gewesen bist, deine Mutter ist schließlich krank.«

»Und du?«

Ada zuckt mit den Schultern.

»Gehen wir denn einfach zu ihm?«, frage ich.

Ada nickt.

»Aber was sollen wir zu ihm sagen?«

»Frag, ob er einen Tipp hat, wie du schön singen kannst, auch wenn jemand zuhört.«

»Er hat vielleicht nicht dasselbe Problem wie ich.«

»Vielleicht hatte er das ja mal.«

Ada verschwindet in einem Kiosk und kauft zwei Eis am Stiel. Ich esse schneller, weil sie fast die ganze Zeit redet. Als wir vor der eleganten Glasfassade des Hotels stehen, haben wir beide einen kahlen Eisstiel im Mund.

»Wir können uns auf die Bank da setzen und sehen, ob er rauskommt«, schlage ich vor.

»Dreihundertvier.«

»Hä?«

»Das ist seine Zimmernummer. Vielleicht ist er auf dem Zimmer.«

»Aber …«

Ich spüre, wie sich mein Magen zusammenkrampft. So ungefähr wie manchmal dann, wenn ich für andere singen soll. Natürlich will er nicht mit zwei komischen norwegischen Teenagern reden. Und was, wenn er gerade unter der Dusche steht und uns hundert Dezibel Zorn verpasst?

Dennoch protestiere ich nicht, als Ada mich am Ärmel zupft, und wir gehen durch das Hotelfoyer, als wären wir hier Stammgäste. Wir steigen die Treppe in den zweiten Stock hoch und müssen ein bisschen suchen, bis wir das Hotelschild mit der Nummer 304 gefunden haben. Ich hoffe, dass er überall sonst wo ist, nur nicht auf seinem Zimmer. Zugleich wäre es, als ob mir ein Traum erfüllt würde, von dem ich gar nicht wusste, dass ich ihn hatte. Die bloße Vorstellung, mit einem Mann mit solcher Lungenkraft zu reden, macht mir weiche Knie.

»Ich weiß nicht, ob ich Englisch kann«, sage ich.

»Du kannst doch Englisch. Ich hab dich in der Schule gehört.«

»Ich meine, ich weiß nicht, ob ich jetzt Englisch kann.«

Ada lacht auf.

»Schon vergessen, dass ich nicht den Mund halten kann?«, fragt sie. »Ich kann ja deine Dolmetscherin sein.«

Und dann tut sie etwas total Unerwartetes. Sie küsst mich auf die Wange. Ich weiß nicht, ob sie glaubt, das könnte helfen, aber ich stehe vor dem Zimmer von Bryn Terfel und werde von Ada auf die Wange geküsst. Ist es da noch ein Wunder, dass ich das Gleichgewicht verliere?

»Alles in Ordnung?«, fragt sie.

»Ja, ja, sicher«, antworte ich und lehne mich an die Wand.

Sie klopft an die Tür. Drei harte Schläge. Ich schlucke trockene Waschlappen. Sie klopft wieder. Diesmal nur zweimal. Ich horche auf Geräusche von drinnen, höre aber nichts, bis sich plötzlich die Tür öffnet.

Der Mann in der Türöffnung ist größer als alle Menschen, die ich je gesehen habe. Ich sage nicht, dass er der größte und breiteste Mann auf der Welt ist. Aber hinter ihm scheint gerade die Sonne durch das Fenster, und so, wie sich nun seine Silhouette abzeichnet, wirkt der Hulk neben ihm wie ein Winzling.

»Yes?«

»Are you Bryn Terfel?«

Ada sagt seinen Namen, als ob er der Satan persönlich wäre. Ich habe Lust, sie gegen's Schienbein zu treten.

»I am.«

»This is my friend Bart«, sagt sie und zeigt auf mich.

Die Wand ist jetzt eine gute Stütze. Ich versuche, ihm zuzunicken, aber mein Nacken ist erstarrt.

»He is a singer, just like you, Mr Teufel«, sagt Ada jetzt.

»Good for you«, meint er und schaut mir ins Gesicht.

Er spricht mit einem Akzent, den ich auch im Film bisher kaum gehört habe. Ich weiß, dass er aus Wales kommt und Bauernsohn ist. Er hat früh mit Singen angefangen, ein Freund der Familie hat ihm walisische Volkslieder beigebracht. Dann hat er in London eine Ausbildung gemacht und ist heute der bekannteste Bassbariton auf der Welt. Und jetzt steht dieser riesige Weltstar hier vor mir. Ist es da ein Wunder, dass sich meine Zunge gleich doppelt verknotet hat?

»His voice is better than any I've heard«, sagt Ada. »But he can't sing in front of people.«

»Nervous, are you?«, fragt er und sieht mich an.

Ich nicke mit brettstarrem Nacken.

»Come on in.«

Dann stehen wir plötzlich in Bryn Terfels Zimmer. Ich weiß nicht, ob ich mich fürchten oder glücklich sein soll, oder keins von beiden. Das Hotelzimmer ist ungefähr doppelt so groß wie unsere Wohnung. Er hat zwei Koffer, und der eine steht offen auf dem Bett. Es riecht nach erwachsenem Mann. Aus einem kleinen Kühlschrank nimmt er zwei Dosen Limo und fragt, ob wir etwas möchten.

»A coke«, bittet Ada.

Bryn Terfel sieht mich an, und ich kann nur denken, dass die Stimme, die ich unzählige Male im Ohr gehabt habe, aus diesem Mund kommt.

»He will have a coke, too«, teilt ihm Ada mit.

Ich verzeihe Ada jetzt ganz schön viel. Es ist gut, dass sie da ist. Ihr Mund funktioniert, wenn er das soll. Nicht wie meiner, der sich einfach verschließt oder mit einer Singstimme füllt, die die ganze Zeit Risse wirft.

»Can I hear you sing, Bart?«, fragt Bryn Terfel.

»No«, sage ich mit Kies in der Stimme.

Ich huste zweimal, um meinen Hals freizukriegen.

»I thought so. What happened to your nose?«

»I am a boxer.«

»You want to box or you want to sing?«

»Sing.«

»You know what, there are times in every singer's life when you have serious doubts. For some, that doubt is stronger than for others. Let me show you.«

Bryn Terfel macht das Fenster sperrangelweit auf. Er winkt mir zu, und ich gehe mit steifen Schritten zu ihm hinüber. Dann legt er mir den Arm um die Schultern.

»You see the people?«

Unten auf der Straße sind Menschen unterwegs. Viele Menschen.

»Yes.«

»Watch.«

Das Geräusch ist wie eine Explosion in seinem Inneren. Eine klare, schöne Explosion. Er könnte auch einen Lautsprecher im Mund haben. Die Menschen auf der Straße bleiben stehen. Schauen sich um. Schauen zu uns hoch. Sie lächeln. Bryn Terfel singt so laut, dass das Echo von den Nachbarhäusern zurückgeworfen wird. Ich sehe, wie er das Gesicht aufbläst und seinen Mund zu einem O formt. Aus diesem Mund strömt das schönste Geräusch im ganzen Universum. Nach ungefähr einer Minute hört er plötzlich auf zu singen, und die Menschen bewegen sich wieder. Alle mit einem kleinen Lächeln auf den Lippen. Als ob sie etwas ganz Besonderes erlebt hätten.

»I made a fool of myself«, sagt Bryn Terfel.

»No, no«, rufe ich.

»Who in his right mind would start singing out of a hotel window like this? These people think I'm crazy.«

»But they were smiling«, sage ich.

»You know, Bart. It was silly to sing out of the window. But singing is always a little silly. It does not make world peace. If you start singing like you and I do, we have to be a little crazy. That is the only way we can do it. So tell me, Bart, do you feel crazy enough?«

»I … I … don't know.«

»That's the test. If you can open any window anywhere and start to sing, you can do it on a stage any time.«

Ich schaue zum Fenster hinüber. Soll ich, wo ich das nicht einmal für meine Großmutter schaffe, aus einem Fenster für wildfremde Menschen singen? Es klingt unvorstellbar. Bryn Terfel lächelt mich an und streichelt mit seiner großen Hand meinen Kopf.

»It was nice meeting both of you. But I have to prepare for tonight's performance. Are you coming?«

Ich blicke Hilfe suchend zu Ada hinüber. Eigentlich brauchten wir eine gute Entschuldigung, aber ich habe ja nur die Wahrheit.

»Äh … I didn't know you were singing tonight«, sage ich.

»Listen. Go to the cashier and say your name is Bart. There will be two tickets there for you. Okay?«

»Oh … äh …«

Ich versuche wirklich, die Wörter, die mir auf der Zunge liegen, hinauszubringen.

»Thank you, Mr Teufel«, sagt Ada. »We are looking forward to listening more to you.«

»Yes, thank you, thank you«, kann ich endlich hinzufügen.

Bryn Terfel streckt die Hand aus und schüttelt meine ganz heftig. Danach stehen Ada und ich mit unserer Cola auf dem Gang. Ada packt meinen Arm. Ihr Gesicht strahlt.

»Der war ja total cool«, sagt sie.

»Äh … ja, ja, glaub schon.«

»Und wir gehen in die Oper!«

»Ja, das schon.«

Ada redet so laut, dass ich sie von Bryn Terfels Tür wegziehe. Ich habe das Gefühl, aus einem wahnwitzigen Traum aufzuwachen. Bald wird mir aufgehen, dass ich Bryn Terfel nie begegnet bin und dass ich ihn nie im Konzert erleben werde. Aber ich brauche mich nicht in den Arm zu kneifen. Ich habe den Schweiß des großen Mannes an der Hand.

Im Fahrstuhl grinst Ada mich an und fragt: »Hast du mir etwas zu sagen?«

»Wie meinst … ach ja, danke.«

»War mir ein Vergnügen.«

Ada redet auf dem Heimweg ununterbrochen, und ich kann mich nur mit Mühe darauf konzentrieren, was sie sagt. Bryn Terfel kommt immer wieder dazwischen, mit seinem ganzen Körper und seiner Stimme, die sich in der Stadt ausbreitet.

Ich bleibe stehen. Ada geht zwei Schritte weiter, bleibt ebenfalls stehen und dreht sich mitten in einem Satz über etwas um, das mit der Schule zu tun hat. Ich hole tief Atem, fülle meine Lunge und schließe die Augen. Ein Ton gleitet durch meinen Hals und schlüpft hinaus an die frische Luft. Einen langen Moment hindurch hält er sich. Aber dann scheint er mit einem Skalpell in Fetzen geschnitten zu werden.

Ich öffne die Augen. Ada kommt ganz dicht an mich heran und sagt:

»Du hast doch wohl nicht gedacht, du könntest das sofort schaffen? Es war immerhin ein guter Anfang.«

»Ich werde es schaffen«, sage ich und gehe wieder weiter.

»Optimismus ist gut. Dann lebt man angeblich länger.«

»Das war kein Optimismus. Ich werde es einfach schaffen.«

Wenn man schwänzt, darf man nicht zu früh nach Hause kommen. Ich habe mich noch nie viel in Cafés herumgetrieben. Mama sagt, Cafés sind etwas für Leute, die gesehen werden wollen. Aber die meisten hier scheinen sich mehr für Kaffee, Zeitungen und Gespräche zu interessieren, als mit der neuesten Mode zu protzen.

»Jetzt haben die anderen Mathe«, sagt Ada.

»Ich müsste jedenfalls Aufgaben machen«, sage ich und schaue in meine Schultasche.

Plötzlich klingelt mein Telefon. Ich kenne die Nummer im Display nicht.

»Hallo?«

»Mit wem spreche ich da?«, fragt eine Stimme mit dickem amerikanischen Akzent.

»Hier spricht ... Bart. Und wer sind Sie?«

»Ich bin John Jones, und irgendwer hat mich von dieser Nummer aus angerufen.«

Ich schlucke Sandpapier und versuche, Kontakt zu meinem Gehirn aufzunehmen.

»Ach ja. Ja, hallo. Ich wollte nur wissen, ob Sie nach einem Sohn suchen?«

»Wie meinst du das?«

»Mein Vater heißt John Jones.«

Am anderen Ende der Leitung wird es still. Ich rechne mit einem Klicken, aber nichts passiert.

»Hallo?«, frage ich.

»Ich bin hier«, sagt er.

Ada nimmt meine Hand. Bin ich so leicht zu durchschauen?

»Ich wollte nicht ...«, setze ich an.

»Ich weiß nicht.«

»Sie wissen nicht?«

»Ich weiß nicht.«

»Meine Mutter heißt Linda.«

»Vielleicht sollten wir uns mal treffen, Bart?«

Und dann habe ich plötzlich für morgen eine Verabredung mit John Jones. Dem, der nicht weiß, ob er mein Vater ist. Aber er schließt es auch nicht aus.

»Ich bin der mit dem Pflaster im Gesicht«, erkläre ich.

»Dann finde ich dich.«

Als ich aufgelegt habe, muss ich Ada alles erzählen.

»Er kann es also sein?«, fragt sie.

»Ich kann es irgendwie nicht glauben. Stell dir vor, wie enttäuscht ich sein werde, wenn er es nicht ist.«

»Du überraschst mich immer von Neuem, du.«

»Das ist aber nicht meine Absicht.«

»Ich habe keine Überraschungen.«

»Nicht alle brauchen Überraschungen zu haben, um interessant zu sein. Ich sammele übrigens gar keine Bilder von Massenmördern.«

Wenn ich mit Ada rede, weiß ich nie, welchen Weg unsere Gespräche nehmen. Sie sind wie Schlangen, weiche Bewegungen im einen Moment, Angriff im nächsten. Wenn ich plötzlich glaube, Ada zu verstehen, sagt sie etwas, und schon kapiere ich überhaupt nichts mehr. Es ist nicht so, wie sie sagt. Sie steckt voller Überraschungen. Es sind nur nicht dieselben wie meine.

Heute habe ich zum ersten Mal in meinem Leben die Schule geschwänzt. Ich habe das Gefühl, dass es nicht das letzte Mal sein wird, wenn ich mich weiter mit Ada zusammen herumtreibe.

»Wie war es denn in der Schule?«, fragt Oma, als ich nach Hause komme.

»Ich weiß nicht. Ich habe stattdessen Bryn Terfel besucht. Er hat aus dem Fenster gesungen. Und übrigens sehe ich ihn heute Abend in der Oper.«

»Was redest du da?«

»Wenn es dir recht ist?«

Oma wirkt verwirrt.

»Ja, sicher ist mir das recht. Mit wem gehst du denn hin?«

»Mit einer aus meiner Klasse. Ada.«

»Wie aufregend.«

Dann fahren wir zu Mama. Ich bitte Oma, nichts über das Konzert und den Besuch im Hotel zu sagen. Mama wird morgen operiert und braucht nicht noch mehr Sorgen. Während wir reden, nickt sie zweimal ein. Sie isst nicht einmal die Schokolade, die ich mitgebracht habe.

Ich bin auch nicht sicher, ob sie hört, dass ich im Gehen sage, dass sie die beste Mama auf der Welt ist. Obwohl ich weiß, dass Mama nicht die beste auf der Welt ist, aber ich glaube, es tut ihr gut, das zu hören. Und ich habe nur eine Mama, und da kann sie ja wohl ab und zu die beste sein.

»Sollen wir ins Restaurant gehen?«, fragt Oma, als wir hinausgehen.

»McDonald's?«

»Nein, in ein richtiges Restaurant. Indisch vielleicht?«

»Ich hab noch nie indisch gegessen.«

»Dann also indisch.«

Bei McDonald's oder Burger King ist die Auswahl leicht. Da gibt es Burger, und die meisten schmecken mehr oder weniger gleich. Salat oder Chicken-Nuggets esse ich nie. Im indischen Restaurant gibt es ein ganzes Heft mit Gerichten, die man unmöglich aussprechen kann: Murgh Masala, Begum Bhara und Dhuan Ghosht. Ich entscheide mich für Tandoori Chicken, weil Oma das empfiehlt. Wir bekommen flaches Brot von Pizzagröße, das Nan heißt, eine Menge Reis und heißes Hähnchen in einer kleinen Pfanne. Es schmeckt anders als alles, was ich je gegessen habe. Es ist stark, seltsam und gut.

»Kannst du dir das leisten?«, frage ich Oma.

Ich weiß, dass es nicht die richtige Frage ist, aber ich habe Angst, dass Oma irgendwelche Dummheiten begeht.

»Manchmal muss man einfach die Spendierhosen anziehen.«

Oma hat ein Kleid an, aber was soll's.

»Und für das Frühstück morgen wird es auch noch reichen«, fügt sie hinzu.

Um halb sieben treffe ich mich mit Ada vor der Oper. Sie hat sich schön gemacht wie zu einem Abschlussfest in der Schule.

»Mein Anzug ist in der Reinigung«, sage ich.

Ada lacht. Ihr ist schon klar, dass das nicht stimmt.

Wir gehen zum Schalter, und ich sage: »Hallo, ich heiße Bart.«

»Wie schön«, sagt die Frau hinter dem Schalter.

»Ja … öh …«

»Bryn Teufel wollte hier zwei Karten hinterlegen«, erklärt Ada.

»Terfel«, korrigiert die Frau hinter dem Schalter. »Das musst du lernen, junge Dame. Ja, mal sehen, aha, hier haben wir sie.«

Sie reicht uns einen Briefumschlag. Und richtig, darin liegen zwei Eintrittskarten.

»Oh nein«, sage ich, als ich die Eintrittskarten ansehe. »Das haben die missverstanden. Die glauben, wir gehören zum Orchester.«

Ada lacht wieder.

»Orchesterplatz bedeutet nur, dass man ganz unten vor der Bühne sitzt. Das sind die besten Plätze.«

»Das wusste ich natürlich. Kommst du oft hierher?«

»Vor Weihnachten sehen wir immer den ›Nussknacker‹.«

Manchmal komme ich mir vor wie ein Wolfskind. Das bei wilden Wölfen aufgewachsen ist und nicht weiß, wie es bei den Menschen zugeht. So ein Kind, das total verloren ist, wenn es mit all dem in Verbindung kommt, was normale Menschen wissen. Andererseits kann so ein Kind mit Wölfen zusammenleben. Das können diese Leute hier nicht.

Wir gehen hinein und setzen uns auf unsere Plätze mitten in der vierten Reihe. Die meisten Leute sind so alt wie Oma, aber es gibt auch jüngere, meistens Mädchen in Röcken.

Das Konzert ist in wenigen Minuten vorbei. So kommt es mir danach jedenfalls vor. Vermutlich habe ich die ganze Zeit mit offenem Mund dagesessen, während Bryn Terfel Gehörgänge säuberte und Mägen beben ließ. Das Ohr am MP3-Player zu haben ist das eine, aber es ist etwas ganz anderes, Gesichtsausdruck, Mundbewegungen und Blick zu sehen. Wie er die Lunge bis an den Rand füllt, ehe die Töne aus ihm herausquellen.

Unterwegs erzählt Ada, dass das Konzert fast zwei Stunden gedauert hat. Ich glaube ihr. Sie meint, es sei schön gewesen, aber auch ein bisschen langweilig.

»Langweilig?«, frage ich verblüfft. »Wieso denn langweilig?«

Wir fahren mit der U-Bahn nach Hause, und ich merke, dass es mir noch immer schwerfällt, ein normales Gespräch zu führen.

»Ich kann mir schon vorstellen, wie du eines Tages auf dieser Bühne stehst«, sagt Ada.

Ich beuge mich ein wenig zu ihr vor. Ich weiß nicht, warum. Sie fand es ja »ein bisschen langweilig«. Aber sie riecht wieder nach Honigmelone.

Morgen weiß sicher die ganze Schule, dass wir im Konzert waren. Manchmal macht es nichts, dass Ada so total leck ist.

MEIN ZWÖLFTES KAPITEL

»Eigentlich musst du heute Abend zur Generalprobe kommen«, sagt unser Klassenlehrer.

»Ich muss mit meiner Nase zum Arzt.«

»Am Abend?«

»Ja, er will sie ganz sorgfältig untersuchen. Manchmal setzen sich Knochensplitter in den Nasenlöchern fest. Und er war heute mit dem Boot unterwegs, hat aber gesagt, er muss vor meinem Auftritt unbedingt alles durchchecken.«

»Du wirst die ganze Vorstellung abschließen, Bart. Es ist schon komisch, nicht hören zu können, wie das wird.«

»Es wird gut. Das verspreche ich.«

Gestern habe ich den Boxtext geschrieben. Zuerst wollte ich die ganze Geschichte des Boxens durchgehen, aber das wäre zu sehr wie eine Schulstunde. Stattdessen gibt es witzige Geschichten über Muhammed Ali und die Gründe, warum ich mit Boxen angefangen habe. Drei von zehn sind wahr. Im Hintergrund läuft stimmungsvolle Musik, während Christian und Robert auf der Bühne ihren Kampf vorführen.

Unser Klassenlehrer gibt den Versuch auf, mich zur Generalprobe zu holen. Ich kenne mich mit Nervenwracks ja nicht besonders gut aus, aber er sieht nicht ganz gesund aus.

Mama wird heute operiert. Bei einer Operation kann man sterben, und manche Ärzte vergessen Scheren in den Operationswunden. Ich sollte mir über diese Dinge Sorgen machen. Aber ich freue mich nur. Freue mich darauf, dass sie bald zu sich kommt und alles besser wird.

Zum ersten Mal seit Langem kann ich mich auf die Stunde konzentrieren. Als ob mein Gehirn aus den Ferien zurückgekommen ist.

Offenbar hat Ada nichts über das Konzert gestern Abend erzählt. Ich weiß nicht, ob es daran liegt, dass es Musik für runzlige Leute war oder dass wir zusammen dort waren. Irgendwer versteht doch immer alles falsch.

In der Pause stehe ich ein bisschen allein da. Das passiert nur, weil die anderen nicht da stehen, wo sie sonst sind. Und jetzt entdecke ich, dass Bertram mit im Kreis ist. Er steht mit allen anderen zusammen, die nicht ganz dazugehören. Da, wo ich sonst gestanden habe. Ehe ich mir deshalb Sorgen machen kann, passiert etwas Unerwartetes. Ada kommt zusammen mit drei Freundinnen und zwei Jungs aus der B auf mich zu. Ich muss das wirklich noch einmal sagen: Sie kommen auf mich zu.

Worüber wir sprechen? Ich habe keine Ahnung. Es geht um Dinge, über die ich nur sehr selten rede, deshalb habe ich darin keine Übung. Gehöre ich denn wirklich zu diesen Leuten? Einige von denen tragen sicher Socken, die mehr kosten als alle meine Klamotten zusammen.

Ich lege den Kopf schräg und mache ein Gesicht, das sagt: »Meine Güte, das war aber interessant« und »Ach, das meinst du jetzt nicht wirklich.« Es tut weh in der Nase, wenn ich dazu das Gesicht bewege, aber das spielt keine Rolle. Die ganze Zeit habe ich Angst, einfach nur komisch auszusehen und dass sie mich bald in die tiefste Finsternis des Schulhofes verbannen werden. Vielleicht ist das hier bloß ein kranker Scherz?

»Ich hab gehört, du singst Oper?«, fragt der eine Junge aus der B, und alle sehen mich an.

Vermutlich wäre ein kleines »Ja« genug. Aber aus irgendeinem Grund kommt mir das sehr schroff und unhöflich vor.

»Wenn ich ziemlich groß werde, nicht fett, meine ich, sondern eben groß und kräftig, kann ich ja vielleicht Opernsänger werden. Jedenfalls, wenn ich eine Stimme bekomme, mit der man aus dem offenen Fenster singen kann.«

»Äh, aus dem offenen Fenster singen?«

»Ja, oder anderswo. Viele Opernsänger singen aus dem offenen Fenster. Aber das … das ist vielleicht nicht allgemein bekannt.«

»Bringst du dann ein Fenster mit aufs Sommerfest, oder was?«, fragt der Junge.

»Nein, da stehe ich nur ganz gerade. Opernsänger stehen ja eigentlich nicht so auf Stagediving … und so.«

»Jedenfalls nicht, wenn sie fett sind.«

»Nein, das wäre ja verdammt schwer für das Publikum, sie weiterzureichen.«

Es ist nicht ganz so gelaufen, wie ich gehofft hatte. Ich habe nicht genug Erfahrung mit solchen Gesprächen. Aber auch jetzt lachen die anderen mich nicht aus dem Kreis hinaus. Sie reden einfach nur über andere Dinge, die auf dem Sommerfest passieren sollen.

»Wie geht es denn deiner Mutter?«, fragt Ada auf dem Weg zum Klassenzimmer.

»Sie hat versprochen, dass jetzt alles besser wird.«

»Ist das nicht gut?«

»Sie hat das schon häufiger versprochen.«

»Und was, wenn sie ihr Versprechen diesmal hält?«

»Das hab ich mir auch schon ganz viel überlegt.«

Wir setzen uns.

»Heute habe ich übrigens meine Aufgaben gemacht«, sagt Ada.

Ich sitze im Café und halte Ausschau nach meinem Vater. Hier sitzt kein Mann im richtigen Alter allein an einem Tisch, deshalb habe ich mir einen Platz gesucht, wo ich die Tür im Blick habe. Es ist schon fast zehn nach. Vielleicht musste er zu einem wichtigen Termin? Oder was, wenn ich im falschen Café sitze? Vielleicht habe ich mir die Uhrzeit oder den Tag falsch gemerkt, oder vielleicht wollte er sich nur einen Spaß mit mir erlauben?

Was soll man mit einem Kopf, der die ganze Zeit solche Gedanken denkt?

Dann passiert etwas, was das Feuer in meinem Bauch auflodern lässt. In der Tür steht ein Mann und lässt den Blick durch das Lokal wandern. Er ist in Mamas Alter und hat sich alle Haare vom Kopf abrasiert. Der Mann entdeckt mich und kommt auf mich zu. Ich stehe auf. Ich müsste doch spüren, dass es ein magischer Augenblick ist. So einer, an den man sich erinnert, bis man alt und vergesslich wird.

Ich weiß nicht, ob er mir ähnlich sieht. Aber ich weiß ja auch wenig darüber, wie ich in fünfundzwanzig Jahren aussehen werde.

»Bist du …?«, fragt er und beendet den Satz nicht, weil ich so eifrig nicke.

Er streckt die Hand aus. Eine Umarmung wäre irgendwie falsch. Ich muss erst abwarten. Wir begrüßen einander mit einem kräftigen Händedruck, und er fragt, was ich trinken möchte.

»Eine heiße Schokolade vielleicht«, schlage ich vor.

Er geht zum Tresen, um zu bestellen, und als er zurückkommt, hoffe ich so sehr, dass er für sich keine mitgebracht hat. In der einen Hand trägt er meine Schokolade, in der anderen eine Tasse Kaffee mit Schaum.

»Du musst mir deine Geschichte erzählen«, sagt er mit seinem breiten amerikanischen Akzent.

Ich liefere die Kurzfassung. Die ohne miese Phasen. Danach scheint er energisch nachzudenken.

»Jetzt willst du bestimmt auch mehr über mich wissen«, sagt er schließlich. »Also … Ich war schon viele Male in Norwegen. Und ja, vor dreizehn, vierzehn Jahren war ich auch schon einmal hier. Ich habe einige Damen getroffen. Deine Mutter heißt Linda, sagtest du?«

»Ja«, antworte ich voller Hoffnung.

»Ich erinnere mich nicht an eine Linda.«

»Ich glaube, sie hat in einer Bäckerei gearbeitet.«

John Jones zuckt mit den Schultern.

»Sie ist immer mit einem roten Fahrrad gefahren, das hatte vorn einen Einkaufskorb.«

»Ach?«

»Auf Fotos hatte sie lange blonde Haare.«

»Sie hat viel gelächelt?«

»Ja … ich glaube, sie hat vielleicht viel gelächelt.«

Ich weiß nicht, warum es so lange gedauert hat, das zu

entdecken, aber John Jones hat die gleichen Augen wie ich. Blass und blau. Und sie liegen ein bisschen tief in den Höhlen.

»Wie geht es ihr denn … Linda?«, fragt er.

»Sie liegt im Krankenhaus. Und sie hat das rote Fahrrad nicht mehr. Ich glaube, sie hat sich seit damals vielleicht ein bisschen verändert.«

»Wer hat das nicht?«, fragt John Jones und fährt sich mit der Hand über den Schädel.

»Es ist ein bisschen komisch, das zu sagen. Aber ich glaube, vielleicht … dass Sie mein Vater sind«, sage ich.

John Jones lächelt mich an. Er streckt eine Hand über den Tisch aus und legt sie auf meine Schulter. Papas machen das vielleicht so. Eine Art kumpelhaften Klaps statt einer Umarmung.

»Es gibt nur einen Weg, das sicher zu wissen«, sagt er. »Ich muss deine Mutter sprechen.«

»Vielleicht in ein paar Tagen.«

»Schön. Und jetzt erzähl mehr über dich.«

Wie erzählt man in einer halben Stunde von dreizehn Jahren? Das Komische ist, dass das ganz einfach geht. Ich lasse eine Menge aus. Aber ich lüge nicht. Ich erwähne einfach die Rechnungen im Schrank und die anderen Leute in unserem Haus nicht. Er braucht ja nicht alles auf einmal zu erfahren. Außerdem frage ich nach seinem Leben. Er lässt bestimmt auch eine Menge aus, denn er erzählt nur fünf Minuten lang. John Jones kommt aus einer Stadt namens Texarkana in Texas, aber er hat auch in New York und Washington gewohnt, er hat sogar kurze Zeit in London und Paris gelebt. Aber etwas hat ihn die ganze Zeit nach Norwegen zurückgezogen, und er ist sich nicht ganz sicher, was es ist. Ich stelle mir vor, dass es vielleicht der Verdacht war, dass er einen Sohn haben könnte. Aber das sage ich nicht laut.

John Jones macht irgendwelchen Computerkram und hat keine Freundin. Er wettet auf Pferde und macht im Sommer gern Bergwanderungen.

»Hab ich … Halbgeschwister … von denen du weißt?«

»Nein.«

»Magst du Oper?«

»Komisch, dass du das fragst. Eigentlich nicht, aber ich war in der Oper und hab Bryn Terfel gehört.«

»Echt? Das hab ich auch.«

»Wow! *Great!* War das nicht fantastisch?«

»Das war … total *great*. Aber du …« Mir liegt ein »Papa« auf der Zunge. Ich würde es so gern sagen. Ich hab immer schon Lust gehabt, Papa zu sagen. Als ob es ein seltenes Wort ist, das man nur in ganz besonderen Fällen benutzen darf. Stattdessen rede ich über Bryn Terfel, der aus dem Fenster singt, und John Jones lacht. Mein Papa hat ein schönes Lachen.

»Fährst du gern Rad?«, fragt er plötzlich.

»Ich hab gerade eins bekommen«, sage ich, erzähle aber nicht, dass ich es bisher nur geschoben habe.

»Ich auch«, sagt er. »Dann können wir mal eine Radtour machen.«

Wir verabreden, dass ich ihn anrufe und dass wir dann zusammen Mama im Krankenhaus besuchen. Alles kommt in Ordnung. Vielleicht finden Mama und Papa wieder zueinander? Im Internet habe ich über Leute gelesen, die sich erst fünfzig Jahre nach ihrer ersten Begegnung zusammengetan haben. Bei Mama und Papa waren es nur dreizehn Jahre. Dreizehn Jahre sind doch nicht der Rede wert.

Ehe wir gehen, fragt er: »Was ist mit deiner Nase?«

»Da hat jemand Scheiß über Mama geredet.«

»Bart, I really like you.«

Die Operation ist gut verlaufen, erzählt Oma, als ich nach Hause komme.

»Wie gut! Weißt du was, Oma? Im Moment geht alles in meinem Leben gut.«

»Wie schön, Bart.«

»Ich hab aber ein bisschen Angst. Angst davor, dass es nicht so weitergeht.«

»Natürlich geht es so weiter, Bart. Es geht so weiter, weil du das verdienst.«

Wo kommen wohl die Omas her? Offenbar werden Omas in die Welt gesetzt, um alles auszugleichen, was nicht gut ist. Im Fernsehen habe ich gesehen, wie der König einen Orden an Leute verleiht, die etwas ganz Besonderes geleistet haben. Ich überlege, dass solche Orden an Omas gehen sollten. Es müsste einen ganz besonderen Oma-Orden geben.

Sie hilft mir, das Pflaster von der Nase zu entfernen. Die ist nicht ganz gerade, aber ohne einen Winkelmesser sieht man das nicht. Sie ist noch immer geschwollen, und es tut weh, wenn Oma das Nasenbein berührt. Eine Wunde an der Nasenspitze hat noch immer eine Kruste. Ohne Pflaster sehe ich wieder aus wie ich selbst. Mit einem fast normalen Gesicht fühle ich mich neuen Herausforderungen gewachsen.

»Heute werde ich Rad fahren lernen«, sage ich zu Oma.

»Deine Mama ist immer gern Rad gefahren«, sagt Oma.

»Sie hatte ein rotes Fahrrad mit einem Korb, als sie Papa kennengelernt hat. Weißt du das noch?«

»Das weiß ich noch sehr gut.«

Ich gehe hinaus und schließe das Fahrrad auf. Zwei Räder, ein Lenker, Pedale und ein Gestell. Das kann doch nicht so schwer sein? Ich bin zu alt für ein Stützrad, ich muss jetzt Blut und blaue Flecken riskieren. Wenn ich nur ein bisschen Tempo bekomme, stellt sich das Gleichgewicht sicher ganz von selbst ein.

Ich setze mich auf den Sattel und kann geradeso mit einem Fuß die Pedale erreichen. Meine Hände auf dem Lenker und ein kurzer Bremstest. Die Sonne scheint auf den Asphalt. Wenn ich glaube, dass ich umkippe, dann wird das auch passieren. Ich muss mich davon überzeugen, dass ich Rad fahren kann. Ich werde ganz gelassen auf zwei Rädern die Straße hinunterrollen. In die Pedale treten, bis ich die Milchsäure in den Oberschenkeln spüre.

Es ist an der Zeit für meine erste Radfahrt.

Doch als ich gerade die ersten Meter hinter mich bringen will, höre ich hinter mir schlurfende Schritte.

»So darfste nicht fahren.«

Geirs Blick geht in die Ferne, und seine Knie sind noch krummer als sonst.

»Ach, hallo. Was mach ich denn falsch?«

»Du beugst dich zu weit vor. Dann kippst du bloß um. Du musst weit nach vorn schauen, dahin, wo du hinwillst, nicht auf den Asphalt.«

Er packt den Gepäckträger.

»Setz dich jetzt richtig hin. Und dann stellst du den Fuß auf das eine Pedal. So, ja. Und jetzt tritt los. Ich lauf hinter dir her. Na los! Fahr schon!«

Ich fahre. Obwohl das Vorderrad schlingert und ich versuche, das Ungleichgewicht durch Wackeln mit dem Hintern auszugleichen, rolle ich doch die Straße hinunter. Geir hält mich fest, jedenfalls glaube ich das, bis ich auf dem Bürgersteig liege und ihn weit zurückgelassen habe.

»Saugut! Du bist gefahren, Mann!«

»Wolltest du mich nicht festhalten?«

»Hab ich auch zuerst. Aber ich kann nicht so schnell laufen, weißte. Meine Beine wollen nicht mehr.«

Ich habe eine Schürfwunde an der einen Hand, nichts Ernstes. Meine Nase habe ich weit vom Asphalt weggehalten. Außerdem bin ich Rad gefahren und habe nicht vor, jetzt damit aufzuhören. Ich steige wieder auf den Sattel.

»Stell dir vor, dass meine unsichtbare Hand auf dem Gepäckdings liegt«, ruft Geir.

Und das tue ich dann auch. Ich sehe es vor mir, wie Geir mich daran hindert, voll auf die Nase zu fliegen.

Na gut, ich gehe zweimal zu Boden, und irgendwann reiße ich mir ein Hosenbein auf, und das Blut läuft die Wade runter. Aber bald wackele ich auf dem Rad durch die Gegend, ohne umzukippen. Mein Körper arbeitet mit zwei Rädern und einem Gestell zusammen. Ich kann mit Papa auf Radtour gehen. Geir klatscht und feuert mich an.

»Ich glaube übrigens, ich hab meinen Papa gefunden«, erzähle ich Geir, als ich in einem ungleichmäßigen Kreis um ihn herumfahre.

»Cool. Hat er Beine?«

»Zwei Stück. Und er ist aus Texas. Ich bin also ein halber Texaner.«

»Saucool. ZZ Top find ich gut. Hat er einen langen Bart? Cowboyhut? Schnürsenkelschlips?«

»Nein, er ist … ganz normal.«

»Spitze. Die Normalen sind die besten.«

»Ich mag ihn gern.«

»Dann mag ich ihn auch gern.«

Danach fahre ich noch ein Stück und falle nur ein einziges Mal um. Ich glaube, das bedeutet, dass ich Rad fahren kann.

»Das ist Freiheit«, sagt Geir und legt den Zeigefinger auf die Stange. »Jetzt kannst du fahren, wohin du willst. Es gibt Leute, die fahren auf so einem Ding um die ganze Welt. Pass nur auf, dass keiner wie ich es dir klaut.«

»Ich verspreche, dass ich gut darauf aufpassen werde.«

Danach reinigt Oma die Wunde auf meinem Knie und verspricht, meine Hose zu flicken. Sie hat das Bett neu bezogen und den Massenmörder-Umschlag mit Adas Namen unter der Matratze gefunden.

»Sollte ich mir Sorgen machen?«, fragt sie.

»Ich kann nicht versprechen, dass ich dir niemals peinlich sein werde. Aber ich kann versprechen, dass ich nicht zum Massenmörder werde.«

Ich schreibe Papa eine SMS und frage, ob er morgen um vier zum Krankenhaus kommen kann. Er antwortet sofort: *Klar doch. See ya.*

Ich denke dann doch nicht ans Radfahren, als ich schlafen gehe. Morgen ist ein so wichtiger Tag, dass ich vor Aufregung zittern müsste. Aber ich liege ganz ruhig da und schaue zur Decke hoch. Alles wird gut gehen. Meine Pechsträhne hat jetzt ein Ende.

Vor dem Fenster gibt es sicher eine schöne und ganz echte Sternschnuppe.

Der Tag fängt perfekt an. Oma macht zum Frühstück Pfannkuchen. Sie hat Bacon und Ahornsirup gekauft. Ich lasse die gerade richtig knusprigen Speckpfannkuchen in wunderschöner hellbrauner Soße baden.

»Solange du das danach isst, ist alles in Ordnung«, sagt Oma und legt einen roten Apfel neben meinen Teller.

Ich stehe auf und umarme Oma. Coole Typen umarmen ihre Omas nicht, das weiß ich. Aber ich kann es einfach nicht lassen.

»Das wird ein guter Tag«, sage ich.

»Klar wird das ein guter Tag«, antwortet sie.

Im Treppenhaus hat jemand bei den Briefkästen Reklame auf den Boden geworfen, und auf der Treppe liegt ein aufgeplatzter Müllsack. Das macht nichts. Ich kann ja eine neue Aufräumaktion ansetzen.

Als ich auf dem Schulhof ankomme, taucht Ada auf.

»Die Generalprobe gestern war sehr gut«, erzählt sie. »Der Egil glaubt, das wird das beste Sommerfest aller Zeiten.«

»Dann braucht er mich am Schluss doch gar nicht?«

»Doch. Am Ende hat er eine Aufnahme von irgendeinem Opernsänger gespielt und dabei geweint. Das stimmt wirklich. Er erwartet wohl ganz schön viel von dir.«

»Du meinst nicht, dass er vom Boxen genauso gerührt sein wird?«

Ada zuckt mit den Schultern.

»Du kannst mir glauben, ich hab das keinem Menschen erzählt. Vielleicht kann ich ja doch ein Geheimnis für mich behalten?«

Plötzlich kommt mir mein Plan gar nicht mehr gut vor. Leute, die weinen, wenn jemand singt, sind nur selten ebenso gerührt, wenn andere Leute aufeinander losschlagen. Meine einzige Hoffnung ist, dass das Publikum begeistert sein wird. Ich habe vor, zum Abschluss den Kampf zwischen Robert und Christian mit sehr viel Gefühl zu kommentieren. Ganz am Ende schlägt Christian Robert k. o., und ich zähle bis zehn, während er auf dem Boden liegt. Danach hoffe ich auf Jubel oder jedenfalls heftigen Applaus.

»Ich freu mich auf heute Abend«, ist das Erste, was unser Lehrer sagt, als ich das Klassenzimmer betrete.

»Ich auch«, sage ich.

»Mit der Stimme alles in Ordnung?«

Ich habe Beulen auf den Stimmbändern. Und akute Piepsstimme. Das Herz ist mir in den Hals gerutscht. Bestimmt könnte ich auf irgendeine Weise erklären, dass ich heute Abend unmöglich singen kann. Aber dann müsste ich sofort in eine andere Stadt umziehen.

In der Pause sehe ich auf meinem Handy nach, und es ist eine Nachricht von John Jones eingelaufen. *Freu mich, dich wiederzusehen. John,* steht da. So was schreibt ein guter Papa. So einer, auf den man sich verlassen kann und der das Leben seiner Kinder verändert. Wenn Ada nicht neben mir stünde und die ganze Zeit redete, würde ich sicher noch mehr an Papa denken. Ich begreife mit Mühe, was sie sagt, und kommentiere es bloß ein paarmal mit »Ach was« oder »Das darf doch nicht wahr sein«.

In der Schulstunde bin ich auf zwei Planeten. Ich schaue auf dem Klassenplaneten vorbei, aber ab und zu mache ich einen Abstecher in meine eigene kleine Welt, wo nur ich begreife, was vor sich geht.

Unser Klassenlehrer bittet mich vorzulesen, und ich weiß so ungefähr, an welcher Stelle im Buch wir sind, auch wenn ich mich gerade auf einer Reise zwischen zwei Planeten befinde.

Die ganze Klasse scheint Ameisen im Hintern zu haben. Niemand sitzt still, ein Summen liegt in der Luft, alle flüstern und wispern, und Zettel fliegen umher. Es würde mich gar nicht wundern, wenn niemand ein Wort von dem mitbekommt, was ich hier vorlese.

Nach der Schule gehe ich ein Stück mit Ada, obwohl sie in der entgegengesetzten Richtung wohnt.

»Hast du Lust, bald mal eine Radtour zu machen?«, frage ich.

»Wohin denn?«

»Irgendwohin, wo man baden kann, vielleicht?«

»Ist das Wasser nicht noch ein bisschen kalt?«

»Oder in den Wald?«

»Ja, wir können gern in den Wald fahren.«

»Oder auf einem Weg.«

»Vielleicht auf einem Weg im Wald?«

»Muss man so ein Geländerad haben, wenn man im Wald fahren will?«

»Das ist sicher nicht blöd.«

»Vielleicht können wir ein Stück über Asphalt fahren?«

»Okay, wir können zusammen über Asphalt fahren.«

»Das wird lustig.«

Ehe sie sich umdreht, klatscht sie ihre Hand gegen meine und sagt etwas darüber, dass heute Abend cool wird.

»Klar wird das cool.«

Während Bryn mir ins Ohr singt, lese ich meinen Boxtext durch. Als ich beim Kiosk um die Ecke biege, bleibe ich plötzlich stehen. Aus den Fenstern in meinem Block flackert bläulicher Lichtschein. Vor dem Eingang steht ein gelbes Auto. Es ist nicht zum ersten Mal hier. Jedes Mal hämmert mein Herz wie bescheuert.

Kann Oma etwas passiert sein?

Ich reiße mir Bryn aus dem Ohr und renne los. Die Krankenwagenleute heben eine Trage ins Auto. Vor der Haustür steht Cheap Charlie und wehrt einen wütenden Typen ab, den ich noch nie gesehen habe.

»Du Arsch!«, ruft der Typ. »Du stirbst jetzt gefälligst nicht!«

Cheap Charlie hält den wutschnaubenden Kerl fest und hindert ihn daran, sich auf den Menschen auf der Trage zu stürzen.

»Du schuldest mir Geld, du Mistkerl!«

Obwohl er brüllt, kommt mir seine Stimme bekannt vor, und es läuft mir eiskalt über den Rücken.

»Du krepierst jetzt nicht, Geir«, sagt er dann.

Ich sehe die Person auf der Bahre für einen Moment. Es ist mein Geir. Der mir Rad fahren beigebracht hat und der jetzt sterben kann, wo ich ihn gerade richtig kennengelernt habe.

»Scheiße, du krepierst erst, wenn ich mein Geld hab«, ruft der Mann.

Mein Herz scheint immer wieder in meinen Hals hüpfen zu wollen. Ich erreiche den Krankenwagen gerade noch, ehe sie die Tür schließen. Auf der Trage liegt Geir mit bleichem Gesicht und geschlossenen Augen. Das T-Shirt mit »All rumours are true« ist zerrissen.

»Was ist los mit ihm?«, frage ich.

»Überdosis«, sagt der Fahrer. »Bist du mit ihm verwandt?«

»Ich? Nein. Wird er überleben?«

»Sieh dich ja vor.«

Er schließt die Tür und setzt sich hinter das Lenkrad. Dann fahren sie mit lauter Sirene los.

Cheap Charlie lässt den schimpfenden Mann los.

»Weißt du, was?«, sagt der wütende Kerl zu Cheap Charlie. »Ich hab gehört, Geir ist tot. Und dann lebt er doch noch. Nur ist er jetzt vielleicht trotzdem tot. Typischer Fall von denkste, was?«

»Trottel«, sagt Cheap Charlie und geht ins Haus.

Jetzt weiß ich, woher ich die Stimme des wütenden Kerls kenne. Er war dieser Typ, der geglaubt hat, Geir wohnt in unserer Wohnung, und dem ich gesagt habe, Geir sei tot. Ich schlüpfe hinter Cheap Charlie durch die Tür.

»Hast du ihn gefunden?«, frage ich.

»Nein, das war der Blödmann da«, sagt Cheap Charlie und nickt mit dem Kopf zu dem Typen draußen hinüber. »Er hat versucht, Geir mit Schlägen zum Leben zu erwecken. Es geht immer nur ums Geld, niemand kümmert sich noch um Menschen.«

»Wird Geir überleben?«

»Ich weiß nicht. Aber diese Leute da sind doch Experten, wenn es darum geht, solche wie Geir ins Leben zurückzuholen. Ist ja nicht seine erste Überdosis.«

»Glaubst du, er kriegt im Krankenhaus Besuch von irgendwem?«

»Glaub mir. Der rechnet nicht mit Besuch.«

Cheap Charlie geht in seine Wohnung, und ich bleibe im Treppenhaus stehen. Auf dem Boden liegt eine Spritze mit hellrotem Inhalt. Ich hebe sie hoch und schleudere sie mit aller Kraft an die Wand.

MEIN DREIZEHNTES KAPITEL

»Wann beginnt denn diese Veranstaltung in deiner Schule?«, fragt Oma.

»Das ist ein Sommerfest. Und es fängt um sechs Uhr an.«

Meine Stimme klingt sauer. Nicht wie unmusikalisch sauer, sondern wie in deprimiert und ein bisschen wütend. Oma kommt zu mir und fährt mir mit der Hand durch die Haare.

»Graust du dich? Liegt es daran?«

Ich habe keine Lust zu antworten. Mein neues ehrliches Ich könnte mehr erzählen, als Oma zu wissen braucht. Ich habe ihr auch nicht gesagt, dass Papa im Krankenhaus auftauchen wird. Ich hoffe, er denkt daran, Blumen mitzubringen.

»Es ist ein bisschen wichtig, dass wir um Punkt vier im Krankenhaus sind«, sage ich.

»Damit wir nicht zu spät zum Sommerfest kommen?«, fragt Oma, die gerade Wäsche zusammenlegt.

»Das auch. Aber Oma, hast du … dich mal gefragt, wer wohl mein Papa ist?«

»Für mich war das nie eine wichtige Frage. Aber ich kann ja verstehen, dass du das anders siehst. Nur vergiss nicht, es gibt jede Menge Kinder, die ihren Vater nicht kennen. Das kommt heute ziemlich oft vor, und aus diesen Kindern wird später auch was.«

»Aber stell dir vor, er taucht plötzlich auf. Würdest du dich dann freuen?«

»Ja, wenn er ein guter Vater wäre. Deine Mutter ist ja im Moment nicht so ganz in Form, und da … ja, den könnten wir vielleicht brauchen.«

Es klingelt. Oma und ich wechseln einen Blick.

»Erwartest du jemanden?«, fragt sie leise.

Ich schüttele den Kopf. Oma zeigt auf den Türspion, und ich gehe hinüber. Draußen steht eine Frau, die mir ein bisschen bekannt vorkommt, ich kann sie nur nicht unterbringen. Aber dann entdecke ich weiter unten noch ein Gesicht. Eins, das ich einwandfrei unterbringen kann. Mein Magen krampft sich zusammen, und deshalb kann ich die Tür nicht aufmachen.

»Wer ist das?«, fragt Oma.

Statt zu erklären, hole ich tief Luft, packe die Türklinke und drücke sie widerwillig nach unten. Gleich darauf blicke ich in ein ungeheuer trauriges Gesicht.

»Hallo, August«, sage ich.

»Hallo«, antwortet August.

»Sind Sie …?«, fragt Augusts Mutter, als sie Oma entdeckt.

»Ich bin seine Großmutter.«

»Ach, ja. Denn seine Mutter ist …?«

»Im Krankenhaus.«

»Ja, genau. August möchte Bart etwas sagen.«

August starrt den Boden an. Diese Ausgabe von August hat so gut wie keine Ähnlichkeit mit der, die mir jeden Tag in der Schule begegnet. Seine Mutter hat ihm die Hand auf die Schulter gelegt.

»Entschuldige, dass ich dich geschlagen habe«, sagt er mit dünner Stimme.

»Ist schon gut«, sage ich und hoffe, dass er jetzt wieder geht.

»Ich würde gern etwas fragen«, sagt seine Mutter unsicher.

Ich hoffe, Oma bittet sie nicht zu Kaffee und Plätzchen herein.

»Stimmt es, dass August deine Mutter, also, Ihre Tochter gestoßen hat … oder hat er das nicht?«

»Wie meinen Sie das?«, fragt Oma.

»Er hat sie nicht gestoßen«, sage ich.

»Na gut. Aber warum sagen die anderen dann, dass August sie gestoßen hat?«

Ich könnte sagen: »Weiß nicht.« Könnte vielleicht sogar sagen, dass es bei Müttern eben so ist. Über alle gibt es manchmal Gerüchte. Und bisweilen stimmen die nicht. Deshalb heißen sie ja auch »Gerüchte«. Sie kann ihren Sohn nicht wieder beliebt machen. Es gibt viele von uns, die ganz unten auf der Leiter stehen. Willkommen hier unten. Aber auch hier kann man überleben.

Doch dann fällt mir etwas ein. Da keine Mutter schlecht über ihr Kind denken will, ist es eine gefährliche Idee. Aber ich kann mich nicht beherrschen.

»Weil ich dieses Gerücht in die Welt gesetzt habe«, erklärte ich.

»A-aber warum?«, stottert Augusts Mutter.

»Sonst hätte August damit geprahlt, dass er mir die Nase gebrochen hat, und dann hätte ich einen Haufen Probleme gekriegt. Aber weil alle glauben, dass er Mama gestoßen hat, protzt er nicht mit meiner Nase.«

Vielleicht hätte ich etwas darüber sagen sollen, dass August so ein Anführertyp ist, der ein bisschen zu viel Platz einnimmt und auf den die anderen hören. Ich hätte sogar sagen können, dass er wirklich nicht immer so gemein ist, eigentlich ist August wohl ab und zu ganz in Ordnung, vor allem zu seinen Freunden. Plötzlich frage ich mich: Was, wenn August und ich Freunde sein könnten? Aber was ist das nun wieder für eine kranke Idee?

»Stimmt das?«, fragt die Mutter und sieht August an.

»Ich hab einen Vorschlag«, sage ich, ehe August antworten kann. »Wenn August und ich Freunde werden, dann stelle ich mich vor die Klasse und sage, was mit meiner Mutter wirklich passiert ist.«

»Ihr seid also keine Freunde?«, fragt die Mutter und sieht wieder August an.

»Ich habe in der Klasse eigentlich keinen richtigen Freund«, sage ich jetzt. »Für die bin ich eigentlich immer Luft. Ich meine nicht, dass er herkommen und meinen besten Freund spielen muss. Wir könnten doch einfach Schulkumpels sein, meine ich.«

Augusts Mutter stellt keine weiteren Fragen. Vor mir baumelt eine Faust. Die gehört August.

»Abgemacht«, sagt er.

Ich nehme seine Hand, ehe seine Mutter etwas sagen kann.

»Also dann … ist das geklärt?«, fragt Oma.

»Sieht so aus«, antwortet Augusts Mutter.

Oma und Augusts Mutter sagen Dinge, die höfliche Erwachsene eben sagen. Ich merke, dass Augusts Mutter versucht, in die Wohnung zu schauen. Sie will wohl eine Art Eindruck vom Slum bekommen. Es gibt bestimmt keine Eltern, die wollen, dass ihre Kinder mit Leuten in solchen Kakerlakenlöchern zu tun haben, aber sie weiß ja, dass August nur durch unsere Abmachung gerettet werden kann. Er hat eine kluge Mutter. Hinter uns kakelt Gudleik: »Hilfe, ich hab nichts anzuziehen.«

Danach fragt Oma, ob das alles gestimmt hat.

»Ja.«

»Es ist wirklich lange her, dass ich in der Schule war.«

Auf dem Weg zum Krankenhaus starre ich aus dem Fenster der Straßenbahn. Papa, Geir und die Schulvorstellung müssten alle ganz schön an meinen Nerven zerren. Aber mein Blick ist leer wie eine Turnhalle nach Schulschluss. Ich kann keine Ordnung in meine Gedanken bringen. Vor dem Fenster ziehen sicher Häuser und Menschen, Hunde und Autos vorbei, aber nichts bleibt bei mir hängen. Es ist fast so, als ob ich nicht sehen könnte.

»Du bist so still«, sagt Oma.

Ich lächele sie an und denke: Das hier kann immer noch der beste Tag in meinem Leben werden.

Während wir von der Haltestelle zum Krankenhaus laufen, frage ich: »Ist es in Ordnung, wenn ich heute allein zu Mama hochgehe?«

»Wenn du willst, ja.«

»Du kannst vielleicht ein bisschen später nachkommen. Aber ich würde gern zuerst kurz mit ihr reden.«

»Natürlich kannst du das. Ich setze mich so lange in die Sonne.«

Plötzlich krampft sich mein Magen zusammen. Ich will

Oma nicht anlügen. Aber ich besitze nicht genug Gehirnkapazität, um ihre Fragen zu beantworten, wenn ich ihr von Papa erzähle.

Oma sucht sich eine Bank und setzt sich. Als ich zum Eingang komme, sehe ich, dass er drinnen in einer Art Kreis läuft. Papa, mit dem Arm voller Blumen.

»Hallo«, sage ich und weiß auch heute nicht, ob ich ihn umarmen darf.

Er scheint ebenso unsicher zu sein, deshalb geben wir uns wieder die Hand. Er sagt, dass er nicht so recht gewusst hat, welche Blumen er kaufen sollte, und da hat er viele verschiedene genommen.

Blumen scheinen allerlei Bedeutungen zu haben, manche sind nur bei Beerdigungen erlaubt, und andere sagen »Ich liebe dich«, und er will nur, dass sie schön und normal sind und nicht zu viel bedeuten.

»Die gefallen ihr bestimmt«, sage ich, als er zu lange über die Blumen geredet hat.

Papas Stirn ist schweißnass. Er wischt sich die Hände am Hemd ab und putzt sich die Nase, bis er ganz rot im Gesicht wird.

Auf der Station wird mir gesagt, dass Mama auf Zimmer 117 liegt. Wir machen aus, dass Papa draußen warten soll. Ich gehe leise hinein und sehe, dass Mama wach ist. Als sie mich entdeckt, sagt sie mit froher und müder Stimme »Hallo«. Egal, wie viel Mühe sie sich auch gibt, sie kann nicht verstecken, wie erschöpft und schwach sie ist.

»Wie ist die Operation gelaufen?«, frage ich.

»Die ging gut. Ich komme wieder zu Kräften, ich werde weniger wiegen, und später kann ich dann mehr arbeiten. Und dann, Bart, dann ziehen wir um.«

»Vielleicht sollten wir uns eins nach dem anderen vornehmen.«

»Wenn ich eine feste Stelle finde und mein Arbeitgeber mir eine Garantie gibt, können wir eine Wohnung in einer besseren Gegend mieten. Du brauchst nur zu sagen, wo du wohnen willst.«

Ich setze mich auf die Bettkante.

»Mama, ich hab mir etwas überlegt.«

»Ja?«

»Du weißt doch, Papa. John Jones. Ich hab ein bisschen nach ihm gesucht.«

»Ach, lieber Bart. Der Name kommt doch so häufig vor.«

»Aber was, wenn ...«

»Ich kann ja verstehen, dass du ihn gern finden würdest. Aber du würdest nur enttäuscht werden. Kannst du mir nicht versprechen, nicht mehr ...«

Ich stehe auf, und Mama verstummt mitten im Satz.

»Warte mal«, sage ich und gehe zur Tür.

Ich winke Papa, und er kommt langsam ins Zimmer und hält die Blumen wie einen Schild vor sich hin. Mama sieht mich an und runzelt skeptisch die Stirn.

»Lange nicht mehr gesehen«, sagt er und legt die Blumen auf Mamas Bettdecke.

Obwohl sie nach der Operation müde ist und sicher den Leib voll Pillen hat, setzt sie sich auf und weicht ein bisschen vor Papa zurück.

Mama sieht aus, als ob sie ein Gespenst entdeckt hätte. Sie nimmt seine Hand nicht, sondern schaut mich nur fragend an.

»Wer ist das?«, fragt sie mit ernster Stimme.

»Das ist ... Papa ...«, antworte ich.

Ich füge fast ein »Glaube ich« hinzu, aber ich will Mama doch so gern davon überzeugen, dass er es sein muss. Alle verändern sich. Es kann viele Gründe geben, warum sie ihn nicht sofort erkennt. Warte nur, bis er von dem roten Fahrrad erzählt!, denke ich. Klar kommt der Name häufig vor, aber doch nicht in Norwegen. Hier ist es ein seltener Name!

»Ich muss mit dir reden, Bart«, sagt Mama.

John Jones bleibt stehen.

»Er hat Blumen mitgebracht«, sage ich.

»Soll ich …?«, fragt Papa und nickt zur Tür hinüber.

»Ja, gehen Sie bitte kurz nach draußen«, sagt Mama.

John Jones geht zur Tür. Ich will ihn bitten zu bleiben, denn Papa darf alles hören, was wir sagen. Er gehört zur Familie. Ich verstehe ja, dass es für Mama zu viel ist. Es war dumm von mir zu glauben, dass das Wiedersehen sie glücklich machen würde. Vor allem jetzt, wo sie so schwach ist. Was weiß denn ich, vielleicht haben sie sich viel gestritten? Vielleicht ist John Jones mit einer anderen durchgebrannt?

»Komm her«, sagt Mama und reibt mit der Hand neben sich über das Laken.

»Ich stehe gut hier.«

»Wo hast du ihn gefunden?«, fragt sie ernst.

»Im Internet.«

»Ich habe mir ja gedacht, dass du irgendwann mal suchen würdest. Aber ich hatte gehofft, du würdest mir davon erzählen, und dann wollte ich dich bitten, das nicht zu tun.«

»Ich habe ihn doch gefunden. Er steht hier vor der Tür. Er heißt John Jones. Er weiß noch, dass du ein rotes Fahrrad mit einem Korb hattest.«

»Er heißt nicht John Jones.«

»Aber er sagt doch, dass er ... was meinst du?«

»Dein Papa heißt nicht John Jones. Das habe ich mir bloß ausgedacht.«

»Aber er ... er sagt doch ...«

»Die Wahrheit ist, dass ich nicht so genau weiß, wer dein Vater ist. Es gab eine Zeit, in der ich viel getrunken habe, und ...«

»Er erinnert sich an dein rotes Fahrrad«, sage ich ohne Kraft in der Stimme.

»Ich glaube nicht, dass er es ist. Leider.«

Die Wörter sind wie ein Echo in meinem Kopf. Das »Leider« springt wie ein Gummiball hin und her.

»Ich habe John Jones gesagt, weil das ein ausländischer Name ist, und ich dachte, dass er so häufig vorkommt, dass du bald wieder aufgeben musst, wenn du irgendwann anfängst zu suchen. Ich erinnere mich leider nicht an deinen Vater. Tut mir leid, Bart.«

»Aber was, wenn ...«

Mehr sage ich nicht. Die Chance, dass der Mann vor der Tür mein Vater ist, ist statistisch gesehen so klein, dass ich sie gar nicht erst ausrechnen mag. So kleine Zahlen interessieren doch keinen Menschen.

Mama versucht zu lächeln. Sie streckt eine Hand aus. Ich bin bis zur Wand zurückgewichen, die sich an meinen Unterarmen ganz kalt anfühlt.

Mir geht plötzlich auf, dass John Jones ein trauriger Typ sein muss. Einer, der sich nicht an alle Frauen erinnern kann, mit denen er zusammen war. Der so gern einen vergessenen Sohn finden würde, der ihn braucht. Einen Jungen, der seinem Leben einen Sinn geben könnte. Einem

Leben, das vielleicht nicht ganz so geworden ist, wie er gehofft hatte.

Ich gehe einfach aus dem Zimmer. Mama ruft mit schwacher Stimme etwas hinter mir her. Ich bleibe vor John Jones stehen.

»Es war nett, dass du mein Vater sein wolltest. Aber du bist das offenbar doch nicht«, sage ich und gehe weiter durch den Gang.

»Aber … aber es war schön, dich kennenzulernen«, sagt John Jones hinter mir. »Und leider … kann ich mich an deine Mutter nicht erinnern.«

Ich nehme die Treppen und laufe nach unten. Draußen sitzt Oma auf der Bank.

»Du kannst jetzt nach oben gehen«, sage ich.

»Wo willst du hin?«

»In die Schule.«

»Gehen wir denn nicht zusammen?«, fragt sie, doch ich laufe schon zur Straßenbahnhaltestelle.

Dieser Tag kann noch immer gut werden. Kein Tag ist nur scheußlich. Man muss nur tief genug graben. Auch wenn heute nicht mein Tag ist, kann ich noch immer ein bisschen Gold finden. Oder etwas anderes, das glänzt.

Ich komme nur an munteren Menschen vorbei. Einige haben ein Fußballspiel gewonnen. Einen guten Freund getroffen. Ihren Papa gefunden.

Plötzlich stehe ich auf dem Schulhof. Hier ist kein Mensch. Die Schule könnte irgendein leeres, totes Gebäude sein. Während ich dastehe und ins Treppenhaus starre, denke ich noch mehr als an alles andere an den Tod. Ich dürfte eigentlich gar nicht hier stehen. Ich müsste Geir im

Krankenhaus besuchen. Wenn er noch lebt. Ist es eigentlich ein Wunder, dass man vom Denken deprimiert wird?

»Wie gut, dass du so früh kommst«, sagt hinter mir eine Stimme.

Ich drehe mich um und blicke ins Lächeln unseres Klassenlehrers.

»Ach, hallo.«

»Mit der Stimme alles in Ordnung?«

»Ja, der geht's gut.«

»Ich wollte nur fragen …«, fängt er an und sucht ganz offenbar nach den richtigen Worten. »Ja, also, die Aufnahme. Du bist das doch, der da singt?«

»Ja.«

»Schön. Ich wollte nur sicher sein. Du konntest gestern ja nicht mitproben.«

»Aber also … wenn ich …«

Jetzt bin ich derjenige, der nach Worten sucht. Einige rutschen ganz schön leicht weg.

»Ja?«

»Wie finden Sie eigentlich Boxen?«

»Boxen? Nun ja, ich habe nichts gegen Boxen. Warum willst du das wissen?«

»Na ja …«

Mein Mobiltelefon spielt eine Melodie und vibriert dabei in meiner Tasche. Ich ziehe es heraus und sehe, dass Christian anruft.

»Ich muss da wohl rangehen«, sage ich und gehe ein paar Schritte weg von unserem Lehrer, der nickt und auf das Schulgebäude zusteuert.

»Ja, hier ist Bart.«

»Hallo, Bart. Wie sieht's denn so aus?«

»Ich bin in der Schule.«

»Cool. Absolut cool. Das ist gut«, sagt er und zögert ein bisschen. »Du, also, es ist was passiert.«

»Passiert?«

»Ja, es hat sich herausgestellt, dass Robert zu irgendwelchem Familiendramakram muss, und ich kann doch nicht allein boxen!«

»Du musst kommen!«

»Ich weiß ja, dass das mies für dich ist. Aber ich glaube, das wird nicht so gut laufen.«

»Aber … aber dann hab ich doch gar nichts.«

»Allein würde ich mich doch bloß blamieren. Aber du, wenn jemand dich blöd anmacht, dann komm ich und falte ihn zusammen. Das verspreche ich dir.«

Mein Mund ist wie ausgedörrt. Wenn ich Geld hätte, würde ich Christian alles anbieten.

»Aber Christian …«

»Und außerdem hab ich ein Date!«

»Ach … so.«

Wir sagen »Bis dann« und legen auf. Ich stehe allein auf dem Schulhof, und gerade jetzt ist der Asphalt ein komisches kleines Land. Auf der Straße fahren Autos vorbei. Ich höre Leute auf dem Bürgersteig reden. Irgendwo rufen Kinder. In meinem Land bin ich der einzige Einwohner.

Niemand will ein Land ganz allein haben.

Ich schaue wieder auf das Schulgebäude. Das ist größer als irgendwann in meiner Erinnerung. Ich mag diese Schule nicht. Sie ist viel zu groß und steht nur im Weg.

Ich gehe über den Schulhof und durch die Tür, durch die auch unser Klassenlehrer gegangen ist. Danach geht es weiter durch den Gang und hoch in den ersten Stock.

Dort öffne ich das Fenster zur Straße sperrangelweit. Draußen läuft eine Frau mit Kinderwagen vorbei, einige Jungen fahren mit dem Rad zur Schule, und ein Mann mit einem Stock schleppt sich in Richtung Laden.

Ich hole Atem, tief, tief. Der Gesang kommt vom innersten Punkt in meinem Körper. Das Geräusch quillt aus meinem Hals. Der Ton ist voll aufgedreht. Die Menschen drehen sich zur Schule um. Sie entdecken mich im Fenster. Ich singe aus voller Kehle, und das Geräusch knistert an den Rändern ein wenig. Dann passiert etwas. Und es passiert ganz schnell. Als ob eine Machete das Lied in mehrere Teile teilt und die Geräusche miteinander kämpfen.

Die Jungen auf den Fahrrädern lachen. Die Frau mit dem Kinderwagen läuft eilig weiter. Nur der alte Mann bleibt stehen und hört sich die klangliche Umweltverschmutzung an. Ich höre auf. Es hat keinen Sinn weiterzumachen.

»Bart«, sagt eine Stimme, die ich nur zu gut kenne, hinter mir.

»Ja«, sage ich, ohne mich umzudrehen.

»Ja, also, ich habe dich … singen hören«, sagt mein Klassenlehrer.

»Mhm.«

»Vielleicht solltest du unser Programm doch nicht mit einer Gesangsvorführung abschließen.«

»Vielleicht nicht.«

»Das ist wirklich kein Problem. Was wir haben, reicht allemal. Es wird ein schönes Sommerfest.«

»Das war wirklich ich auf der Aufnahme.«

»Ja, sicher, aber … in der Aula sind zu viele Leute und …«

»Ich brauche nicht mitzumachen.«

Er kommt zu mir und legt mir die Hand auf die Schulter. So, wie Erwachsene das tun, wenn sie einen trösten wollen. Im Moment ist es nur eine Hand auf der Schulter, die dort nichts zu suchen hat. Ich schüttele mich, und er lässt los.

»Ich werde mir eine Erklärung überlegen, damit die anderen verstehen, warum du nicht singen kannst. Überlass das nur mir. Niemand wird sauer sein.«

Ich schließe das Fenster und drehe mich um. Und sehe, dass hinter dem Lehrer jemand steht. Ada macht ein unglückliches Gesicht. Als ob etwas Entsetzliches geschehen ist. Dann geht mir auf, dass sie meinetwegen unglücklich ist. Der Junge, der nur für Zahnbürste und Medizinschrank singen kann.

Sie tritt ganz dicht an mich heran und nimmt meine Hand.

»Seid ihr …?«, fragt unser Lehrer.

Wir schütteln beide gleichzeitig den Kopf.

»Sing jetzt«, sagt Ada leise. »Mach einfach die Augen zu.«

Ihre Hand ist warm. Als ich die Augen zusammenkneife, gibt es den Lehrer plötzlich nicht mehr. Ich glaube, ich kann hören, wie Ada neben mir »Das geht jetzt gut« flüstert, aber sicher bin ich mir da nicht.

»Und das bedeutet … was ist … also …«

Ich schließe das Stottern unseres Lehrers aus, atme tiefer als je zuvor und ziehe die Luft ein, eine Sekunde, zwei, drei. Während ich den Sauerstoff festhalte, kann ich nur daran denken, dass das hier bestimmt eine schlechte Idee ist. Gleichzeitig merke ich, dass ich nicht im Gang vor einem gestressten Lehrer stehe. Und ich stehe auch nicht in meinem eigenen Klo. Ich stehe auf einer Bühne vor sehr vielen Menschen. Und ich werde singen.

Klänge steigen aus mir auf. Meine Stimme ist wie ein Helm um meinen Kopf. Ada drückt meine Hand. Ich glaube, sie macht das, weil sie froh ist. Der Klang auf dieser Bühne ist einfach fantastisch. Fast wie in einem luftigen Gang. Ich singe aus voller Kehle.

Allein.

Auf einer Bühne.

Danach bin ich außer Atem. Ada lässt meine Hand los. Ich öffne die Augen, und anfangs ist alles ganz hell. Unser Lehrer steht dichter vor mir als vorhin, ehe ich sie geschlossen habe.

»Das war … das war total … ja, total …«, stammelt er.

»Das war fantastisch«, flüstert Ada.

»Ja, ja, fantastisch. Warst du sehr nervös?«, fragt der Lehrer.

»Ich habe es zum ersten Mal geschafft, vor anderen zu singen«, sage ich.

»Schaffst du das auf der Bühne … wenn Ada deine Hand hält?«, fragt er.

Ich würde gern antworten: »Ja, ihre warme Hand sorgt für alles.« Aber auch heute kann ich nicht in die Zukunft blicken.

»Ich weiß nicht.«

»Okay. Dann lass mich so fragen: Sollen wir es wagen?«

»Es sieht vielleicht ein bisschen komisch aus, wenn ich auf der Bühne Adas Hand halte?«, frage ich und sehe sie an.

»Kann schon sein«, sagt unser Lehrer fröhlich und denkt nach, während er sich die Schläfen reibt. »Aber wir haben doch auf der Bühne einen Vorhang. Hör zu: Du stehst dahinter und hältst Ada an der Hand. Du brauchst das Publikum nicht zu sehen. Stattdessen schicken wir nacheinander alle, die mitgemacht haben, nach vorn, und ganz am Ende, ja, wenn du fast fertig gesungen hast, hebt sich der Vorhang. Was für eine Wirkung, es wird ein Höhepunkt, wie noch niemals jemand einen gesehen hat.«

Das Leben wird niemals besser, wenn man negativ ist. Ich habe immer gedacht, dass ich es schaffen werde, wenn ich in allem das Positive sehe. Hier und jetzt sehe ich Möglichkeiten. Ich kann singen. Es kann gut gehen. Wenn ich keine Sekunde lang denke, dass es schrecklich schiefgehen kann, dann ist es ja vielleicht gar nicht möglich, dass alles in einer Katastrophe endet?

Ich glaube, das ist auf eine sehr seltsame Weise logisch.

»Okay.«

Unser Lehrer umarmt mich. Das ist ein ganz komisches Gefühl. Danach geht er sehr schnell die Treppe hinunter.

»Ich glaube, jetzt weint er wieder«, sagt Ada.

Hinter der Bühne herrscht vor Beginn der Vorstellung ein ziemliches Chaos. Die B hat beim Losen den Anfang erwischt und trifft ihre letzten Vorbereitungen, während die A in kleinen Gruppen zusammensitzt. Überall wird geschwitzt, gesungen und angewärmt. Ich tue gar nichts, ich lehne mich nur gegen eine Tischkante. Vermutlich hängt eine Art elektrisches Zittern in der Luft, es betrifft nicht nur mich. Kurz vor dem Erfrieren wird es einem angeblich auch noch einmal richtig warm. So geht es mir. Ich bin in dieser letzten Phase. Die Nervosität ist in etwas übergegangen, das mich gefühllos macht. Ich atme, schlucke und kann die Hand ausstrecken und ganz ruhig halten. Also stimmt irgendetwas nicht mit mir.

Ada soll tanzen und trägt eine Art Hip-Hop-Hose und ein Trägerhemd. Bertram hat jede Menge Ketten um den Hals. August begrüßt mich und fragt, wie es meiner Stimme geht.

»Gut. Glaube ich.«

»Wird cool, dich singen zu hören.«

»Wird cool, dich zu hören … was machst du denn so?«

»Ich führ mit Gabriel und Johnny ein paar Sketche auf.«

Unser Klassenlehrer ist ganz rot im Gesicht und stellt allen mehrmals dieselben Fragen. Er überprüft die technischen Dinge doppelt und dreifach und mustert durch einen Vorhangspalt das Publikum.

Warum brennt in meinem inneren Kamin kein Feuer? Warum ist es noch immer möglich, Arme und Beine zu bewegen? Mein Mund müsste trockener sein als die Sahara. Das Einzige, was ich weiß, ist, dass ich Sterbensangst haben müsste. Angst, weil das hier die blödeste Idee aller Zeiten ist und weil das Magische, das im Treppenhaus passiert ist, sich niemals wiederholen wird.

Aber wenn man das damit vergleicht, dass Mama ganz gesund werden oder dass Geir überleben soll, ist es wie eine winzig kleine Schramme. Die nicht einmal wehtut. Und die nicht blutet.

Vielleicht ist es ja gerade das? In meinem Leben passiert so viel, das so viel wichtiger ist als das hier.

Ich sehe die anderen an. Einige üben, andere juxen, fast alle reden. Die anderen aus meiner Klasse haben erfahren, dass unser Programm etwas anders als geplant abgeschlossen werden soll. Unser Klassenlehrer ist für alles zuständig, alle sollen sich in einer Reihe aufstellen und genau das tun, was er sagt. Niemand hat mich gefragt, warum die Sache geändert worden ist. Vielleicht finden sie es normal, dass solche Dinge in letzter Sekunde auf den Kopf gestellt werden?

Es ist nur ein Sommerfest. Und nicht der Untergang der Welt.

Mein Telefon vibriert auf lautlos, und obwohl es eigentlich gerade gar nicht passt, nehme ich das Gespräch an.

»Hier ist John Jones.«

»Äh, hallo.«

Er räuspert sich.

»Ich wollte nur sagen, es wäre schön, wenn wir die Radtour trotzdem machen könnten.«

Ich will schon verraten, dass ich gerade erst Rad fahren gelernt habe, aber stattdessen wiederhole ich nur: »Die Radtour?«, und merke sofort selbst, wie schwachsinnig ich mich anhöre.

»Oder irgendwas unternehmen.«

»Etwas unternehmen?«

»Ja, rumhängen, du und ich. Auch wenn ich nicht dein Vater bin. Ich dachte bloß, das könnte doch ganz schön sein. *Nice.*«

Ich sage nichts.

»Ist aber total okay, wenn du nicht willst«, fügt er hinzu.

Die Leitung rauscht ein bisschen. Die Stimmen und Geräusche hinter der Bühne umringen mich. Sekunden vergehen.

»Verstehe«, sagt John Jones, der nicht mein Vater ist.

Nice. Irgendwo in meinem Kopf wird dieses Wort gerufen.

»Es war nett, dich kennenzulernen«, fügt er hinzu, und ich rechne jeden Augenblick mit einem leisen Klicken am anderen Ende der Leitung.

»Nice«, sage ich laut.

»What?«

»Ich habe *nice* gesagt.«

»Ach ja. Das ist doch … *nice.*«

»Du kannst nie mein Papa sein.«

»I know.«

»Aber es wäre doch … *nice*, wenn wir Freunde sein könnten.«

»Ich geh gern ins Café und ins Kino und auch in den Vergnügungspark.«

»Ich glaube, ich auch. Ich hab das nur irgendwie noch nicht oft gemacht.«

»Ich war auch noch nicht im Vergnügungspark. Vielleicht kann man mit dem Rad hinfahren? Aber ich ruf dich dann bald mal an. Okay?«

»Okay.«

»*Break a leg* mit deiner Show.«

»Danke.«

Es gibt eine Hoffnung für diesen Tag. Noch immer kann er als ziemlich, einigermaßen oder irgendetwas, das nicht total elend und mies ist, in die Geschichtsbücher eingehen. So einer, an den man sich noch im Altersheim erinnert. Wenn man richtig gut nachdenkt.

Die B kriegt donnernden Applaus für ihre Vorstellung. Danach gehen wir von der A nacheinander auf die Bühne. Es wird jongliert, gezaubert, getanzt, gespielt, mit Jo-Jos getrickst, und als August und seine Kumpels auftreten, brüllen alle vor Lachen. Die ganze Zeit sitze ich auf einer Tischkante hinter der Bühne und sehe, wie die anderen nervös nach oben gehen und glücklich zurückkommen. Unser Klassenlehrer hat angesichts unseres Erfolgs Feuer gefangen und lächelt ein bisschen irre. Wir liegen eine ganze Liga über der B.

»Das hat wahnsinnigen Spaß gemacht«, sagt Ada atemlos, als sie nach ihrem Tanz zu mir kommt.

»Ich hab dich nicht gesehen«, gebe ich zu und habe Angst, sie könnte sagen, dass ich auch nur an mich denke.

Wenn sie das gesagt hätte, würde ich antworten, dass sie total recht hat. Sicher hätte ich ihr zusehen und ihr einige saftige Komplimente auftischen müssen, als sie von der Bühne kam. Was bin ich denn eigentlich für ein Freund?

»Ich hab einmal gelesen, dass man von Nervosität konzentrierter und stärker wird«, sagt Ada. »Leute, die sich auf der Bühne blamieren, haben nicht diesen dämonischen Stich, von dem der ganze Körper summt. Du bist ein bisschen nervös, oder?«

»Ich ... weiß nicht.«

»Das geht bestimmt gut.«

Und dann stelle ich fest, dass Ada sich geschminkt hat. Ich sehe das erst jetzt. Ihre Lippen sind extrarot, und sie hat etwas Dunkles um die Augen. Ihre Haut wirkt matter als sonst. Ich habe das Gefühl, das Foto einer erwachseneren Ada zu sehen. Mädchen sind beängstigend. Schön und beängstigend.

»Noch fünf Minuten«, sagt unser Klassenlehrer zu mir, als er vorbeikommt und zu Bertram hinübertrabt, der jetzt auf die Bühne muss.

Ada bleibt in meiner Nähe, während die Sekunden dahinjagen. Als unser Lehrer »eine Minute« sagt, weiß ich nicht, wohin die anderen vier verschwunden sind.

Ich stehe auf. Jetzt ist es so weit. Ich versuche, normal zu atmen. Und dann merke ich es: Ich bin nervös. Es wird gut gehen. Ich bin konzentriert und klar.

Als ich gerade auf die Bühne gehen will, kommt unser Lehrer zu mir und sagt: »Bart, wir haben ein Problem.«

MEIN LETZTES KAPITEL

(KEINE PANIK, ICH STERBE NICHT)

Die anderen umringen Bertram und hauen ihm begeistert in den Rücken. Zwei Mädchen aus meiner Klasse singen auf der Bühne zum Play-back ein Stück von Beyoncé. Unser Lehrer steht vor mir und redet. Ich bin nicht ganz sicher, ob ich verstehe, was er da sagt. Aber mir ist schon klar, was es bedeutet.

»Was machen wir jetzt?«, fragt er.

Als ob ich wüsste, wie man eine Bühnenkrise löst.

»Äh, weiß nicht«, sage ich.

Der Bühnenvorhang will sich nicht schließen. Der Hausmeister hätte das schon längst in Ordnung bringen sollen. Der Mechanismus bockt seit Jahren. Früher oder später musste es so kommen. Und jetzt will der Vorhang sich einfach nicht bewegen.

»Okay, okay, okay«, sagt unser Lehrer und reibt sich das Gesicht. »Wir finden eine Lösung.«

Die Mädchen auf der Bühne singen den letzten Refrain.

»Sollen wir zusammen auf der Bühne stehen?«, fragt Ada. »Mir macht das nichts aus.«

Die ganze Klasse steht um mich herum. Die, die am Bühnenrand warten sollten, während ich singe. Die nacheinander herauskommen sollten. Wie der krönende Abschluss eines Werkes. Alle sehen mich an.

Ich schlucke Ziegelsteine hinunter.

In der Aula wird geklatscht. Die Mädchen kommen von der Bühne. Ich kann keinen einzigen Blick erwidern. Vor meinen Augen verschwimmt alles. Die anderen sind eine einzige unförmige Masse. Aber meine Stimme ist deutlich, als ich sage: »Ich gehe raus.«

Ada packt meine Hand.

»Allein.«

Sie lässt los.

»Bist du sicher?«, fragt unser Lehrer mit seltsamer Stimme.

»Müssen wir hier rumstehen und das diskutieren?«

»Die Musik an!«, ruft er, dann murmelt er: »Und die höheren Mächte mögen uns beistehen.«

Jemand drückt mir ein Mikrofon in die Hand. Ich gehe die drei Stufen zur Bühne hoch, und die vielen Menschen im Saal sind wie ein Schock. Die Blicke kleben an mir. Ich entdecke Oma in der letzten Reihe. Sie lächelt verspannt und hat die Hände gefaltet, als ob auch sie zu den höheren Mächten des Lehrers betet, dass ich die Familie nicht für alle Zeit blamieren werde.

Die Musik gleitet aus den Lautsprechern, und ich weiß, dass ich nicht daran denken darf, dass das hier schiefgehen kann. Wenn ich das denke, werde ich dem ganzen Saal Messer in die Gehörgänge bohren.

Zu spät. Ich habe es schon gedacht.

Es hat keinen Sinn, die Augen zu schließen. Ich habe die vielen forschenden Gesichter gesehen. Zum Glück werden zwei Scheinwerfer eingeschaltet, die mich blenden. Noch einige Takte Musik, dann soll schöner Klang aus meinem Mund strömen.

Plötzlich entdecke ich Papa. Nicht John Jones, sondern meinen echten Papa. Er sitzt ganz allein im Saal und wartet darauf, dass ich anfange zu singen. Papa lächelt mich aufmunternd an. Er hat die Hände nicht gefaltet. Er scheint ganz ruhig zu sein.

Natürlich will ich für Papa singen.

Ich hole Luft. Und dann öffne ich den Mund.

Ich liege auf dem Boden. Ich schaue nach oben, in einen der Scheinwerfer. Um mich herum sind Geräusche. Jemand fasst mich an. Ich werde hochgehoben, auch wenn ich lieber auf dem Boden liegen würde. Dem beschützenden schönen Boden.

Papa ist verschwunden. Der Saal ist wieder voller anderer Menschen. Alle sind aufgestanden. Weil sie sehen wollen, was mit mir passiert ist? Bin ich ohnmächtig geworden? Habe ich alles verpfuscht?

Alle heben die Hände zu einer Bewegung, die ich schon viele Hundert Mal gesehen habe. Klatschen sie, weil ich noch lebe?

»Du hast es geschafft, du hast es geschafft!«, ruft unser Lehrer mir viel zu laut ins Ohr.

Was habe ich geschafft?

Die anderen aus der Klasse stehen mit mir auf der Bühne. Sie verbeugen sich. Ich senke den Kopf und wäre fast noch einmal gestürzt, aber jemand zieht mich wieder hoch. Oma steht laut rufend da, als ob sie in einem Rockkonzert wäre. Es ist peinlich und schön zugleich.

Wir verlassen die Bühne, und unser Lehrer versucht

nicht einmal, seine Tränen zu verbergen, als wir uns endlich um ihn herum versammeln.

»Wisst ihr, was? Das war … ja, das war das Größte, das Allergrößte, was ich als Lehrer je erlebt habe. Und das verdanke ich euch«, sagt er mit einer überhaupt nicht wiederzuerkennenden Stimme.

Und dann umarmt er mich. Nur mich. Und lange.

Ich mache mich vorsichtig los und gehe weg von unserem Lehrer, der sich mit dem Hemdsärmel die Tränen abwischt. Ada kommt hinter mir her und grinst.

»Ich glaube, noch nie hat jemand den Egil so lange unter den Armen beschnuppern dürfen«, sagt sie.

»Ada«, sage ich und bleibe stehen. »War das … in Ordnung?«

»Du hast noch besser gesungen als vorhin auf dem Gang. Das hast du doch sicher selbst gehört?«

»Ich … ich kann mich nicht erinnern, ob ich gesungen habe. Ich weiß nur, dass Papa im Saal saß. Ganz allein.«

»Weißt du was, Bart? Mit dir ist es nie langweilig.«

Ada zieht mich in die Aula. Leute, die ich gar nicht kenne, kommen zu mir, um mir Nettigkeiten zu sagen.

»Genieß das jetzt«, flüstert Ada mir ins Ohr. »Superstar für einen Tag.«

Vor dem Fenster sehe ich eine Sternschnuppe, die auch ein Flugzeug oder ein Ufo sein kann. Aber es ist nicht so wichtig.

Ich gehe zusammen mit Oma, die mich auf dem ganzen Heimweg gelobt hat, die Treppen hoch. Vor unserer Tür sitzt jemand. Oma nimmt meinen Arm.

»Vorsicht«, sagt sie.

Ich glaube, ich erkenne das zerfetzte T-Shirt des Mannes, auch wenn er den Kopf auf die Knie gelegt hat. Man kann unmöglich sehen, ob er atmet. Ich reiße mich aus Omas Zugriff los und laufe zu ihm.

»Geir? Geir?«

Der Kopf wird nach oben gerissen, und blutunterlaufene Augen sehen in meine Richtung.

»Hallo du.«

»Geht's dir gut?«, frage ich und bücke mich.

»Na ja, war schon mal besser.«

»Wieso bist du nicht im Krankenhaus?«

»Das is' kein Ort für mich.«

Oma steht hinter uns und runzelt die Stirn.

»Willst du mit reinkommen?«, frage ich.

»Bart«, höre ich Oma hinter mir sagen, aber ich achte nicht auf sie.

»Du kannst doch nicht hier draußen sitzen«, füge ich hinzu.

»Nein, aber ich hab ja meine Bude dahinten im Gang. Das geht schon. Ich wollte dir bloß das hier geben.«

Er hält mir eine Plastiktüte hin. Ich öffne sie und sehe darin einen schwarzen Behälter.

»Du brauchst das nicht rauszunehmen. Das ist die Uhr von meinem Vater. Eine Rolex Oyster Chronograpic Antimagnetic von 1952. Ist auf der Rückseite eingraviert.«

»Aber warum krieg ich die denn?«

»Weil die Geld wert ist.«

»Aber ... brauchst du das Geld nicht selbst?«

»Doch, eben. Wenn ich die verkaufe, kriegt ein Scheißdealer die ganze Kohle. Ich kann ... ich kann die Vorstellung einfach nicht ertragen, dass aus der Uhr Heroingeld wird. Du kannst sie verkaufen, und dann kannst du mit deiner Mutter und … vielleicht mit deiner Oma da … dann könnt ihr hier wegziehen. Du sollst hier nicht wohnen.«

»Aber ich kann doch nicht …«

Geir versucht aufzustehen.

»Hilf mir bitte mal. Bin 'n bisschen steif in den Knochen.«

Ich packe Geir unter dem Arm, gerate ins Schlingern und wäre fast über ihn gefallen. Am Ende kann ich ihn auf die Beine hieven. Geir schwankt ein bisschen.

»Ich weiß nicht, was ich sagen soll«, fange ich an und starre auf die Tüte.

»Du brauchst nicht so viel zu sagen. Aber Danke wäre nett.«

»Danke.«

»War mir ein Vergnügen. Bart. Werd nicht wie ich.«

»Das verspreche ich.«

Unsicher geht er über den Gang davon.

»Wer ist das?«, fragt Oma.

Ich habe es mir noch nicht überlegt, aber es gibt nur eine Möglichkeit, Geir zu beschreiben.

»Ich glaube, das ist mein bester Freund.«

Manchmal muss man im Leben einfach große Entschlüsse fassen. Ich weiß nicht, ob das hier einer ist. Aber ich werde mit dem Boxen aufhören. Ich habe keine weiteren neuntausendneunhundertsechzig Stunden Boxen in mir.

Auf dem Klo habe ich vielleicht fünfhundert Stunden gesungen, noch neuntausendfünfhundert Stunden Gesang hört sich aus irgendeinem Grund nach viel weniger an. Auf dem Klo gibt es ein kleines Fenster. Morgen mache ich das vielleicht auf, während ich singe.

Ich sitze an Mamas Bett im Krankenhaus und sehe ihr beim Schlafen zu. Sie stößt Pferdegeräusche aus und dreht den Kopf ein bisschen. Wenn sie aufwacht, werde ich ihr von unserer Schulvorstellung erzählen. Aber ich habe Angst davor, ihr das mit der Uhr zu sagen. Sie wird bestimmt sagen, wir müssten die zurückgeben, und ich weiß ja, dass sie damit nur recht hätte. Im Internet steht, dass es eine Uhr ist, für die Sammler im Ausland mindestens fünfhunderttausend Kronen bezahlen. Was, wenn ich Geir das Geld zurückgebe, wenn ich erwachsen bin? Wenn er jetzt mit dem Heroin aufhört, kann er bestimmt achtzig werden.

Das Telefon in meiner Tasche vibriert. Ich verlasse das Zimmer und sehe, dass es Ada ist.

»Das ist der lebendige Anrufbeantworter von Bart«, sage ich.

»Hallo. Was läuft so?«

»Ich bin im Krankenhaus. Mama schläft.«

»Geht es ihr gut?«

»Besser.«

»Das ist doch schön. Du, ich wollte fragen, ob du heute mit ins Kino kommst.«

»Vielleicht.«

»Ich dachte, ich könnte so eins von diesen Zweiersofas bestellen, die sie im Colosseum haben. Das sind die in der hintersten Reihe. Und die Vorstellung fängt um halb sieben an.«

Ada mit ihren vielen Zähnen hat einen Freund. Er wohnt in einer anderen Stadt. Er geht in die Mittelstufe. Früher hat sie oft von ihm erzählt.

»Wir … das könnten wir ja machen.«

»Dann machen wir das.«

»Das wird …«

»Ja, nicht wahr. Ich lass jetzt reservieren. Bis dann.«

Ich stehe mitten auf dem Krankenhausflur und stelle fest, dass ich mehrere Zentimeter gewachsen bin. Meine Kleider passen mir überhaupt nicht mehr.

So was passiert.

Ich hätte nur nie gedacht, dass es in meinem Leben passieren würde.

Arne Svingen wurde 1967 in Oslo geboren. Er hat als Journalist gearbeitet, ist aber seit seinem Debüt als Schriftsteller 1999 längst so erfolgreich, dass er sich ganz aufs Schreiben konzentrieren kann. Arne Svingen wurde mit verschiedenen Preisen ausgezeichnet. *Die Ballade von der gebrochenen Nase* ist sein zweites Buch im Boje Verlag.

Zwei Kinder allein zu Haus ...

Arne Svingen
EIN GANZ SCHÖN
STARKER PLAN!
Aus dem Norwegischen
von Gabriele Haefs
224 Seiten
mit zahlreichen
Abbildungen
ISBN 978-3-414-82349-6

Håkon, gerade mal 12, und seine kleine Schwester Ida staunen nicht schlecht, als ihr Vater eines Tages verschwindet. Er müsse endlich seine große Liebe finden, hat er ihnen als Nachricht hinterlassen. Eigentlich sollen die Kinder zur Oma, aber die ist so streng, dass sie beschließen, ihren Alltag lieber alleine hinzukriegen. Fernsehen ohne Ende und Chips mit Ketchup zum Abendessen – das macht Spaß. Doch schon bald droht das Leben kompliziert zu werden. Mit einer Menge origineller Ausreden schafft Håkon es ziemlich lange, die lästigen Erwachsenen auf Abstand zu halten. Aber dann steht plötzlich Oma vor der Tür. Und die lässt sich nicht so leicht abwimmeln ...

Boje

»Am 2. November wird mein Leben zu Ende sein. Kein Grund, sich aufzuregen!«

Sanne Søndergaard
MEIN FANTASTISCHES
LEBEN - VON WEGEN!
Aus dem Dänischen
von Maike Dörries
208 Seiten
ISBN 978-3-414-82419-6

Agnes Jacobsen hat von ihrem Leben die Nase voll. Für ihre Mitschüler ist sie nur der seltsame Freak und Außenseiter, ihren Lehrern ist sie nicht »normal« genug, und selbst von ihren Eltern fühlt sie sich nicht richtig verstanden.
Weil sie keinen anderen Ausweg weiß, beschließt Agnes, sich an ihrem 15. Geburtstag das Leben zu nehmen. Ausgerechnet dann passiert etwas, womit niemand gerechnet hätte: Agnes beginnt, sich gegen ihre Mobber zu wehren und die Dinge plötzlich mit anderen Augen zu sehen ...

Frage nicht nach deiner Vergangenheit

Phillip Gwynne
DER CLAN - RENN
UM DEIN LEBEN!
Band 1
Aus dem australischen
Englisch von
Kai Kilian
272 Seiten
ISBN 978-3-414-82418-9

An seinem 15. Geburtstag ändert sich Dom Silvagnis Leben schlagartig. Der Clan, eine geheime und mächtige Organisation, richtet eine eindeutige Forderung an ihn: Dom muss sechs Aufgaben erfüllen oder bitter dafür bezahlen. Ehe er sich's versieht, steckt er mitten in seinem ersten Auftrag: Er muss den Zolt fangen, einen Einbrecher und Dieb, der die Polizei und die ganze Stadt an der Nase herumführt. Doch je tiefer Dom in den Fall eintaucht, desto weniger weiß er, wem er eigentlich trauen kann. Unterdessen verlangt der Clan seine Bezahlung ... jetzt!

Action wie im Kino: Dom Silvagnis erster Auftrag

Boje